猫女的"亲近关系"计划(上)

墨舞碧歌 著

吉林出版集团 | 吉林摄影出版社
·长春·

图书在版编目（CIP）数据

猫女的"亲近关系"计划.上/墨舞碧歌著.——长春：吉林摄影出版社，2012.10
ISBN 978-7-5498-1403-9

Ⅰ.①猫… Ⅱ.①墨… Ⅲ.①长篇小说－中国－当代 Ⅳ.① I247.5

中国版本图书馆 CIP 数据核字（2012）第 238330 号

猫女的"亲近关系"计划（上）
Maonü de Qinjin Guanxi Jihua (Shang)

著　　者	墨舞碧歌
出 版 人	孙洪军
顾　　问	杜　务
主　　编	张　弘
责任编辑	张　弘　尹成佳　李双双
图书统筹	张　星　张　红
绘　　图	刘　玎
书籍装帧	胡静梅
美术编辑	刘　静
开　　本	787mm×1092mm　1/32
字　　数	104 千字
印　　张	6.5
版　　次	2012 年 10 月第 1 版
印　　次	2012 年 10 月第 1 次印刷

出　　版	吉林出版集团 吉林摄影出版社
发　　行	吉林摄影出版社
地　　址	长春市泰来街 1825 号 邮编：130062
电　　话	总编办：0431-86012616 发行科：0431-86012602
网　　址	www.jlsycbs.cn
经　　销	全国各地新华书店
印　　刷	北京凯达印务有限公司
书　　号	ISBN 978-7-5498-1403-9　　　　定　价：18.90 元

版权所有　侵权必究

如发现印装质量问题，请与印务部联系，联系电话：010-51908584

她:

很久以后,我终于明白,遇见你,是我生命中最美丽的事情。

因为一个人,我明白了要勇敢。

就像掉进了小时候看的漫画书一样,我遇见了一个优雅又厉害的王子。

你在人群里耀目如星,却独独爱上我,给了我所有的荣耀。

最重要的是,赠与了我三季的温暖。

他:

藏匿在高校里,我试图避开世事的诸多妖娆。

遇见你,我才发现,很多事情只有直面才能解决。

因为一个人,我学会了要面对。

其实,如果按理智,不貌美不聪慧的你并不是我要找的人。

可惜,爱情从来不按常理出牌。

他和她:在阳光明媚又薄雨霏然的四月校园相遇,从此变换了手心的掌纹。

因为你,我发现,纠缠出疼痛也是一种美丽。

哪怕,有一天谁注定要离开。

因为,有你的回忆,是一直温暖我的东西。

[目 录]
CONTENTS

001　第一章　情不知所起
045　第二章　时光的掌纹
069　第三章　不敢说爱你
103　第四章　暖暖的疼爱
129　第五章　校园祭大赛

Chapter 第一章
情不知所起

六月的天仿佛提前在四月穿越了节候,明明是阳光明媚,转眼却雨落珠盘。

这一天中午,下课的铃声刚敲过,一场突如其来的雨就把所有的师生都困在教学楼里,除去少数女生带遮阳伞以外,几乎没有人携带雨具。

猫女的"亲近关系"计划(上)

G大,位于南方最繁华的城市G城,是全国闻名的高校之一。

傍晚,校饭堂。只听"啪"的一声,被人连续放鸽子数天的Susan(苏珊)手往桌上一拍,握汤匙站起,这一举动惊愣了对座一众男生。

男A被吓,一肘子打翻了男B的汤碗,男B的饭被洒了热汤,饭顿时成了盖浇,男B狠狠瞪了男A一眼,其他男生已乐呵呵笑了起来,只是Susan长得妖精,美女发飙也还是美女,被美女祸害是种福分,男B倒也没说什么。

与Susan同一个寝室的许晴低声问:"Susan,怎么了?"

"晴,你慢吃,我先走。"汤匙一扔,Susan高挑的身影从饭堂消失。

那汤匙在半空划了个弧度,一下砸落在男B的饭盘里,惊起饭粒无数,男B一抹脸上米饭,终于暴起,喝道:"那女的是谁?"

"子晏,那是外语系的大美人Susan(苏珊)。"与他同座的男生笑答。

林子晏咬牙道:"别以为美人就了不起,我是好男不与女斗!"

"对不起。"许晴皱皱眉,替Susan(苏珊)道了个歉。

林子晏尚在气头上,突然有只白皙瘦弱的手伸出,手上一张纸巾横到林子晏下巴。

"谢谢。"林子晏接过纸巾,一时也不好发作了。

"不客气。"

这声音……林子晏一怔,望了对方一眼——那是对座的另一名女生,那女生已低下头去,乌黑的发散了一肩,看不

清面貌和表情。

念及刚才那毫无抑扬顿挫,冰冷得像坟墓里传出的声音,他不禁打了个寒战。

"小虫,咱们到别桌吃吧。"对方许晴终于有点儿无奈。

被唤作小虫的女生点点头,拿起饭盘,跟在许晴身后,二人挪到另外的长桌。

"这个又是谁?"林子晏问。旁边的男生摇摇头。

林子晏坏心一笑,露出一行白牙:"那就是非美女了。"

若有还无的,一道目光瞥了过来,是那声音像鬼的女生——林子晏浑身一僵,仔细看去,只见那女生安静地走着,只是那微有些佝偻的身子,却似乎在嘲笑他的浅薄。

G大其中一个篮球场,坐落在林荫道上。

凝视着林荫道前方苗条的身影,Susan挑眉一笑,还好跟上了,随即又皱了皱眉。

路悠言这家伙刚才只匆匆扒了几口饭,扔下一句"你们慢吃",就跑出饭堂,这一天便罢,却连续三四天都是这样。

晚上回到寝室,问她去哪,她也不说,只笑嘻嘻地敷衍过去。

笑话!室友以外,她苏珊是她路悠言最好的朋友,怎能被蒙在鼓里!

前方的悠言突然停下脚步。

Susan吓了一跳,也赶紧缓下,躲到旁侧一棵大树背后。

只见悠言双手扒在篮球场外的铁丝网上,小小的头颅往

猫女的"亲近关系"计划(上)

篮球场里探头张望,不知道在看什么。

球场里正热闹——两支球队在厮拼,围观的学生声音雷动,球场里挤了不下数百人。

突然,一阵掌声如潮,Susan一怔,往场里看去,一个篮球正从篮筐落下。

三分线外,一个矫健的身影,双手还微举在头上。入篮得分!

这名身穿5号球衣的男生,正是全场瞩目和欢呼的所在。

铁丝网旁,悠言嘴边不觉绽开了朵小笑靥。

Susan顿时省悟,轻轻一笑,蹑手蹑脚走到悠言背后,双手往她肩膀按下。

悠言"啊"的一声叫了出来,慌忙转过身,恼道:"阿珊!"

Susan叹了口气,将女孩搂进怀里,笑骂:"魏子健有这么帅吗?"

悠言不语,眼角的余光又朝5号球衣瞟过去。

"喜欢人家就去告白啊!怪没出息的!"Susan忍不住轻斥道。

悠言嘀咕道:"人人都爱魏子健,他球打得好,又是美术系才子,标准的大众情人。我这是欣赏,可不是你想的那种。"

Susan俏脸一冷,"即使是真的喜欢,你敢去告白吗?"

悠言垂眸,咬了咬唇。Susan心里一疼,搂紧悠言。

自小毗邻而居,十多年的朋友了,最好的朋友,记忆里,有过太多这女孩的记忆——高考志愿表,完全复制她的

志愿，要与她念同一所大学，是为了什么？不过是想好好守着她，只怕有一天，她也像她的母亲迟姨一样突然死去，因为那无法根治的家族遗传病——心脏病。看她喜悲，更知道她从不敢喜欢一个人——连喜欢也不敢。

看了场中的魏子健一眼，一个主意慢慢在Susan脑里成形，她翘唇一笑，道："言，今晚咱们宿舍来场真心话大冒险吧。"

"啊！"悠言大愣，为好友突如其来的古怪主意。

球场上的比赛还在继续，悠言却不敢再多看，抱着Susan，追问她为什么要玩这游戏，Susan却只笑不答。

林荫道上，西沉的晚阳不时摇曳出三两走过的学生的影子，两个人嬉闹着，并没有留意到两个男生从她们身旁经过，其中一个男生眼睛大瞪，冷哼道："顾夜白，你刚才走开了不知道，就是那女生在饭堂砸了老子的饭碗！"林子晏低呼，用肩碰了碰旁边高大的男生。

橘色的辉芒映在眼镜上，顾夜白轻瞥一眼旁侧两个女孩的身影，淡淡道："子晏，我说过请你到酒吧喝酒的是不？"

"那是当然。"林子晏心不在焉，眼眸眯成一线，继续仇视铁丝网旁的女生。

"据说你等我掏腰包已经等了很久，对不对？""那也是当然。"

"我今晚还要赶稿子，时间不多，如果这路上耽搁了，我就拿喝酒的时间来抵，我先走了，你慢慢看。""那自是当然。"

林子晏心不在焉道，随即意识到什么，稳了稳手上的大箱子，连奔带跑追上前方的好友，怒道："顾夜白你这守财奴，枉费我还帮你搬新寝室……"

……

球场栅栏边。

悠言瞟了一眼掩嘴笑得神秘兮兮的Susan，知道自己问不出什么，一声冷哼，道："我饿了，去饭堂找点儿剩饭，你自己慢慢在这儿发神经。"

Susan朝她挥挥手。悠言走了几步，狐疑地转身看了好友一眼，越发纳闷，不敢表白的是自己，怎么受刺激的是她？

看着渐渐走远的悠言，Susan从背包里掏出手机。

"学长好，是，我是Susan，听说你与魏子健学长同系，想问一下你知道魏学长的手机号码吗？没有手机号码，寝室的电话号码也行……"

"谢谢学长。"

合上手机，Susan唇角一弯，往前方的身影跑去。

*****

夜，外语系女生宿舍楼。楼道里，两个女生一前一后走着。

"许晴来电说人都找齐了，言，别磨蹭了。"

"这回去只是玩游戏，你这么急干吗？""你管我！"

悠言闻言正一脸黑线，空气中微微漾来香水的香气。

有人擦身而过。她一怔看去，却是同系的女生，与Susan一样——外语系有名的大美人周怀安。她一笑，招呼道："怀安。"

女子身形一顿，停了脚步，只见她长发盈肩，面容娇美

明艳,她没看悠言,只瞥了Susan一眼,轻轻"嗯"了一声。

"怀安,我们寝室待会儿玩真心话大冒险,你寝室的刘夏她们也过来,你也一起来玩啊。"悠言也不以为意,浅浅笑道。

"不了,我还得去晚修,谢谢。"女子淡淡道,身影迅速在转角的梯级间隐去。

Susan冷笑:"就她傲。"

悠言扑哧一笑,道:"被无视的是我,你恼个什么劲儿!"

Susan撇撇嘴,一挽悠言手臂,连拽带扯,将人往前拖。

回到寝室,许晴和小虫已经回来了,怀安寝室的几个女生也已经过来了,Susan拈起桌上许晴备好的瓶子,便说游戏开始。

第一回合下来,悠言瞪了桌上正对自己的瓶嘴半晌,不是滋味地看向Susan,"你故意的!"

Susan一笑,啧啧有声:"路悠言,是天要亡你!"

众人顿时哄笑起来,道:"Truth or dare?(真心话还是大冒险)"

"晴,小虫。"悠言向室友求救。

靳小虫其实算不得室友,当初一起分到同一寝室,这女孩却选择了外宿,原因不明。

许晴耸耸肩,以示爱莫能助。靳小虫抬起头,轻轻笑了笑。她下巴尖尖,脸色很白。

"珊,问题。"悠言无奈,只好认栽。

Susan嘴角一翘:"言,告诉大家,你暗恋的人是谁?"

悠言咬牙:"我冒险我。"

猫女的"亲近关系"计划(上)

众人正好奇平日温吞腼腆的悠言的暗恋对象,被悠言一话折煞,但一想冒险也有趣,都齐齐望向Susan,不知这泼辣美人要开什么题目。

掏出手机翻开电话簿,Susan将手机递给悠言,秀眉轻扬,一字一顿道:"那你冒险吧,内容很简单……"

*****

G大学生公寓,北二栋。G大学生宿舍分落在东西南北各处。其中,北苑的公寓距各院系教学楼、图书馆最远,最为清静,并且这片公寓又都是一厅一房的独立套间,价格虽比普通公寓昂贵许多,却从无空缺。

与林子晏等几个男生同宿普通寝室两年,大三第二学期刚开始,一寻着北苑公寓有空位,顾夜白便搬了进来。尽管费用高,但他向来不喜欢群居,再者做起兼职来昼夜不分,无谓扰人自扰。

白天还阳光明媚,夜晚却下起淅淅沥沥的小雨。

林子晏帮顾夜白将行李搬过来,两个人到酒吧坐了一会儿,他便回来了。

没有开灯,房间漆黑,只有电脑折射出的数片光亮。

环视了一眼这新搬的寝室,顾夜白看向网上银行账户上的数字,神色淡漠。

兼职的几家美术杂志社都是国内顶级的企业,这个月的汇款仍是一贯的准时。

从他念高一那年开始,已近六年的时间,账户上的数字已变成一笔不菲的数目。往电脑上的时钟扫了一下,目光倏地变得阴暗。再过两天,就是那个人的死忌。

第一章

轻轻合上眼睛。一条黑暗狭隘的弄堂甬道在脑中浮现，而后渐渐清晰。

啪嗒，啪嗒，随着脚步声渐行渐远，小甬道过后，景致豁然开朗。

马路两旁植有高大葱郁的柏杨，少年穿梭其间，步子不徐不疾，头微微倾侧着，像在思考着什么，身上的白棉衬衣经过多次的浆洗，显得破旧，干净明媚的阳光打在他的背影上，透出数圈光晕。

他转过身来，轮廓俊朗深邃得如被精细雕琢过一般，他眼里满满的都是笑意，"白，要迟到了。"

突然，少年美丽干净的脸庞透出青紫，唇色惨白，眼窝深陷，眼睛却犹自睁得兀大，一只小东西从他眼窝里慢慢钻出来，待得细看清，却是蠕虫……一瞬间，无数白花花的虫子从他身上翻绽的皮肉爬出，在他身上四处蠕动。

"按照历来的传统，死者七日内就该入土为安，现在尸体沉江多日才找到，那是要灵魂永不得安宁啊，怪不得这孩子眼睛也不肯闭上，冤哪。"

窃窃私语的声音隐约传来，一时又远去。又一阵什么声音遽响。顾夜白猛地睁开眼睛，瞳光陡沉，视线冷冷地落到掌心上，指甲深陷，早在掌上抓出一丝血痕。

是公寓的电话。他没有动。好半响，那铃声却仍执拗地响着。

终于，他站起来，劈手抓起话筒，"谁？"话筒一端，没有丝毫声音。

他眸色一冷，正要将电话挂了，一道细小的声音却传了过来。

"你好。"女生的声音,甚是清柔,却透了丝迟疑。

"什么事?"

"我,哎……"

又是半天不见动静。

"这样的恶作剧很好玩吗?"

没有丝毫犹豫,他挂断电话。电脑屏幕冷冷地映着他的脸。

额前细碎的刘海略嫌过长,却刚好覆住前额,一副厚重的黑框眼镜,所有的表情都顺理成章敛在这方框之下,给人的感觉普通平庸乃至不修边幅。

蓦地,他将眼镜摘下,墨眸黑曜,目光沉敛却犀利如猎,五官如雕,容貌俊美妖魅,厚重的镜框下,竟是任谁也想不到的一副好皮囊。

窗外,雨声不断。

*****

雨天的翌日又是满天晴。课下回来,顾夜白在厅里安静地做着稿子。

不久,林子晏过来了,两个人就广告课上的一些案例创意刚聊了几句,公寓的电话响了起来。顾夜白接了电话。

"同学,你好。"

"是你。"

"你怎么知道是我?"

耳畔声音吃惊,顾夜白微微敛了眉。

话筒里声音又低低传来:"我昨晚好像只说了不到两句的话,你怎么知道是我?"

"这年头还真奇怪,"他冷笑道,"警察捉贼,那个贼反问他'你怎么捉我来着?'"

话筒那端微微闷了声息:"你绕了个弯子骂我。"

"你一而再打电话过来,目的很明显,与其以后遭到你不断骚扰,倒不如现在说清楚。"

那边突然沉默了一会儿。

"同学,"终于,声音再次响起,却低到几乎无法听见,"下周末学校影院的电影你可以和我一起去看吗?当然,作为回报,我可以帮你做一些事情,只要在我的能力范围……我一定会尽心尽力帮你做,只要在我能力范围以内。"

更深的霜色染上眸,顾夜白冷笑:"这么说,你认识我?"

"不,我不认识你,我怎么会认识你?"

"你既然不认识我,那请问你凭什么要我接受你的邀约?到此为止!如果你非要继续这个无聊的游戏,我也不介意多生事端,来电显示清楚,追查起来,看谁麻烦。"

"不是的,你听我说……"

听出女生语气里的惊颤,顾夜白唇角掠过一丝嘲弄,正要挂了电话,对方却嘀咕一句:"那我改天再打来。"

"啪"的一声,电话竟已挂断。

手握电话,顾夜白怔,眸色随即沉了下去。

顾夜白怔怔的模样,谁见过?林子晏一呆之下,笑翻在地。

"我说,你的艳福到了,传说中的热线美女啊!"

顾夜白唇线一扬,伸手往桌上一抬,淡淡道:"子晏,

猫女的"亲近关系"计划(上)

这个给你。"

"啊。"被调色盘砸个正着,林子晏惨叫了一声。

往后数天,日子如常。谁也不会去理会这样一场无关紧要的恶作剧,在这偌大的校园里,不过是一个似有还无的玩笑,不管是大大咧咧的林子晏还是冷漠沉邃的顾夜白。

六月的天仿佛提前到来了,穿越了节候,明明是阳光明媚,转眼雨落珠盘。

这一天中午,下课的铃声刚响过,一场突如其来的雨把所有的师生都困在教学楼里,除去少数女生带伞以外,几乎没有人携带雨具。

暴躁的男生咒骂着,顾夜白轻靠在墙上,自嘲一笑,早前因承担了一家杂志社的插画工作,向系里导师夏教授申请了延交期中考试的画稿,这下麻烦了。

那日的情景,在脑里一闪而过,当然,那时夏教授却有着他自己的想法。这是顾夜白不知道的。

"理由。"夏教授轻声问道。

"接了份兼职,得自己养活自己。"他淡淡道,也不卑不亢。

终于,夏教授微微眯眸,打量了眼前的男生一眼,目光锐利。

自己这个学生并不简单,表现欲是人类的劣根性,人无时无刻不想表现自己,他却锋芒尽收,从不把匠心独运的视觉和深层的技巧用在作业上,如果不是和著名美术杂志《原色》的总编交好,一次老友无意中向他提起,他甚至不知道这个成绩中游的学生竟是杂志专栏的特定约稿人之一。

杂志上的画作叫他大吃一惊,画画这玩意儿跟一个人的

01 Chapter
第一章
情不知所起 Qing Buzhi Suo Qi

天赋年资分不开,他一向自视甚高,可是要达到顾夜白这水平,却已是差不多四十岁时候的事。执教多年,从未遇到过如此奇怪却又天分极高的学生,做学生的费了心机来隐藏自己,他为人师表,却无法眼睁睁地看着一块璞玉被埋没。或许,这次是一个契机。

"如果我答应你,这对其他同学不公平。"

"教授,我自愿在成绩上减去十个百分点。"

对方语气淡定,没有丝毫的恳求或献媚,夏教授激赏,道:"一个星期后同日的十二点前将画稿交上,逾期不候,另外,你那十个百分点还不足以打动我,将你在《原色》里的本事全部拿出来,这是我唯一的条件。"

顾夜白微讶,倒也没说什么,略一颔首离开。

此时,冒雨过去,画稿颜料遇水即化。很快就到约定的时间,他向来没有爽约的习惯。瞥了腕表一眼,顾夜白把画稿往衬衣里一塞,不理会背后林子晏的吼叫,快步往台阶下走去。

微沁了凉意的雨水刚落到身上,一把伞却已在头顶上方舒展开来。

最初映入眼帘的是一只握着伞柄,微微颤抖的小手。

"同学,你要去哪里?我们一起走吧。"雨伞主人的声音也在微微颤抖着。

有什么在脑里闪过,顾夜白心中一动,眸光微暗。

他的身高在一百八十厘米以上,那女生只及他的下颌,身高在一百六十厘米上下。

模样稀松平常,倒是那眉眼弯弯,乍看上去烟疏淡拢的,有几分悦人。

猫女的"亲近关系"计划（上）

他淡淡道了声谢，伸手便去接她手中的伞——男生与女生之间最基本的礼貌。

"等一下，这个你拿着。"那女生却微促了声音，急忙将自己的肩包拉下，向他递去。他心下冷笑，脸上也没动声色，只接过她的东西。

"把你的画装进去啊，这样就不会溅湿了。"

她的声音很低，透出些许羞赧，却突然在他心头重重一划。

微微一顿，他将画从衣服里拿出，放进她的背包。

"我来撑伞，你管好它好不好？"她似乎很是欣喜，唇颊弧度浅浅。

"嗯。"他不觉竟是颔首。

两个人同撑一把伞走在雨中，背后是脉脉的人声和潮乱的目光。雨声破碎，校园广播里隐约传来的琴声是克莱德曼《偶然的相遇》，细致柔和的旋律中广播员轻诵着一首不知名的小诗：

拥挤的人群里
你白色的衬衣
纠缠上我绾发的发卡
你是淡淡的
我亦矜持着
就此别过
还是他日再逢
倘若陌路延伸两手相牵
时光匆匆
许久以后

第一章

我们是携手与共
还是已各分西东

*****

美术系行政楼内。顾夜白将肩包交还给她,他本打算立刻离开,抬脚那一瞬却硬生生顿了下来。雨势很大,他湿了离伞较远的一侧衣袖,而她却像在水里捞上来一般,衣服湿了大片不说,站立的地方水渍淌了一圈,几缕湿发黏在额上,整个人狼狈不堪。

见旁边走过的几个女生投来奇怪的目光,她吐吐舌,拿袖子胡乱擦了擦,朝他笑笑,也没说什么,就准备离开。她之于他,矮了很多,伞本就不该由她来撑。

顾夜白突然记起,一路上,他冷眼旁观中,她把伞一直倾向于他这一边。

"在这里等我一下。"瞥了她一下,他淡淡道。

"什么?"她怔了怔,小脸一皱,"哎——"

他没再理会,快步离开。

……

教员办公室。夏教授拿起图稿,眯着眼,细细看了一会儿,末了,舒心一笑:"好一个顾夜白。"

"教授,如果你认为这份作业还算凑合,那我先告辞了。"他神色平淡,并没有半分受到夸奖的喜悦,有些感觉早已随着时间的流逝而变得麻木。

"凑合?若你这画也只算凑合,那么整个G大美术系学生的考试作品都需当掉重来。"夏教授微微一叹,"小顾,你一直刻意将自己的美术造诣隐藏起来到底是为什么?"

猫女的"亲近关系"计划（上）

"教授，抱歉我无法告诉你原因。你是我敬重的师长，我并不愿意对你说谎，请你体谅。"

男生淡淡的声音，让夏教授惊讶，对他的欣赏不觉又多了几分，略一沉吟，道："小顾，你有什么困难，不妨跟老师说，老师随时欢迎。另外，你要保持现状我没有意见，那毕竟是你的自由。这样吧，以后每个周末找一个时间到我的画室来，你在构图、色彩，甚至意蕴各方面都已拿捏极好，我想和你进一步说说几位画坛大家的技法问题。"

夏教授在业界久负盛名，后来画而优则教，课堂前后，求他指点希望拜师的学生数不胜数，他却从不轻易收徒。

这简单的几句话，却已含了要单独授艺给顾夜白的意思，换作别的学生，早已大喜若狂。顾夜白性子一贯淡然，脸上竟也不动声色，只道了声"谢谢教授"。

夏教授拍拍他的肩膀，让他离开了，心里升起了莫名的忧虑。在这个学生的画中，他看到了惊人的天赋，但同时，他画里浓重灰暗的色彩和另辟蹊径的表现方式不由得使他想起北欧美术大师欧克，那位画家的童年充满了黑暗的经历，所以他画里的构图多是荒诞无稽，色调阴暗浓重。这个顾夜白，这样的一身才华，假以时日必成大器，千万别走了歪路才好。

娇小的身影站在行政楼大门内侧，侧着头，眸光柔柔停驻在落地玻璃上，兀自出神不知在想些什么。顾夜白出来，见着的便是这幅情景，直至走到女生跟前，她还在云游天外。

他突然拉过她的手，便快速往前走去。她猝不及防，只觉自己的手被扣在温热有力的大掌中，她急得正待出声呼

唤,他已迅速一脚踢开身旁一间空教室的门,把她往里一带,随即往门上一倚,逼视着她。

"你这是什么意思?"她抬起头,颤声道:"这句话该我来问不是吗?"他俯身在她耳边。

"你……"她突然恍起什么,低呼道,"你知道了?"随即又用力摇头:"怎么可能?如果你要继续那个游戏,我也必不罢休。"他冷笑——两通匿名电话,外加今天的"巧遇"?

她神色复杂,尴尬、惶然、慌乱、悲伤,从眸里一闪而过。

她低声说道:"不是你想的那样。"

"确实。"他眼底滑过嘲弄,"我倒是从没想到过这所向来以治学风气严谨著称的高校居然也有女生做这种事情,把时间花费在这胡搅蛮缠上很好玩是吗?"

他的讽刺让她眼眸大睁,半响才讪讪重复道:"不是那样。"

"那是怎样?"他反唇而讥。她没吱声,只企图把自己可怜的手掌从他的大掌中抢救出来,可惜争不过他,她只得悻悻作罢,不知嘀咕了句什么。

看她这副模样,顾夜白一怔,一时竟不知该说什么了。

"可不可以请你先放开我?"

"你说,"他口气轻柔,眸光已冷,"我的问题你没回答,你还有资格讨价还价吗?"

"要说也只能说谎,我不想。"她苦笑,"再说……"

几分钟前,他也跟夏教授说过同样的话,顾夜白心里微震,也许是为她的一分倔强,他不知道。

她却突然仰首。他松开对她的钳制,她也急急退了数步,脚下一个踉跄,却碰上了桌子,"轰隆"一声响,回声响彻教室。

顾夜白皱了皱眉,怎么会有这样笨拙的女生?她羞愧,远走几步,靠到一张桌子上,低声继续刚才没有说完的话:"再说,我已经决定放弃了。"

"哦,原来是这样。"他一声嗤笑,也不说什么。

她心虚,讷讷道:"真的。"

"既然有人已经准备作罢,却又偏偏很不凑巧地出现在距外语系楼区十多分钟路程的美术系楼里。我是课后就立刻出来,到离开教学楼的时间里,并没有看到有人进出。不得不去猜测有人是翘课过来,你说,这决定放弃是不是让人费解。"

她顿时惊得说不出话。

"你怎么知道我是外语系的?又怎么知道我翘课?"

"在我们刚碰面的时候,你肩前的衣服已经湿了,那就是说,你曾在外面逗留过,并且你必定是从北面逆风之处而来。"

"学校在北边的建筑物就只有外语系的楼舍。今天是星期一,全校所有专业的早课都排满了。"

她一惊,脱口而出:"还有这么多讲究?"

"嗯,那我是不是可以这样理解,刚才的推测都对了?"顾夜白轻笑,那笑意却不达眼内。

气氛莫名紧张起来,她只觉得心跳也加快了。

男生的声音淡淡传来:"想想你们系上的辅导员将你请到办公室喝茶的情景,委实有趣不是吗?"

顾夜白突然厌恶起这场纠缠,一场游戏,如果对手聪明,那才叫好玩,偏偏这女生如此拙劣。

顾夜白眉眼一漠,推门而出。

"等一下,你不打算听我的解释了吗?"

她的声音,带了几分惶恐,又似乎隐约夹杂着一分叹息。

"你刚才不是已经清清楚楚说明无可奉告了吗?再说,你又凭什么认为我一定会听你的解释?"

顾夜白冷笑,然而,没走几步,他却停住了脚步——臂上一暖,一只温软的小手握上他的臂肘。

他心下一沉,反手一扯。

她感到手上疼痛,"呀"的一声叫起来。

"别让我再看到你。"

漠然挥开她的手,他径直前走。

"拿烟斗的男孩。"

背后她的声音,急促而响亮,立刻引来堂内来往的人的侧目……是争执的恋人吗?高大冷漠的男生,小脸涨得通红的女生,突然生动了景致,在这风微凉的雨天里增添了几分喧闹的暖意。

顾夜白一怔,这是他交给夏教授的画,仿毕加索早年同名作品,不过其中又加了自己的技法和创意。

"什么意思?"他阴沉地问。

"是,你的猜测都对。我曾想过,当面请求你也许会答应,可是,在见到你之前,我突然决定放弃了,不骗你,我是真的决定放弃了。"

"这毕竟打扰了你的生活,我们又不认识,你没有理由更没有义务帮我……你一定在想怎会有人这么不知害臊吧。"她苦笑,"我确实打算放弃了,如果不是那张画,我绝不会喊住你的。很美的画,我不希望就这样被雨水毁了。"

"你懂画?"

她摇摇头,神色有点儿黯然,随即扯出一丝笑:"我俗人一个,但好东西总是雅俗共赏。"

"雅俗共赏?"他唇角扬起一丝冷笑,"你知道那是高更的作品《拿烟斗的男孩》。"

"不是毕加索的吗?"话音一落,她突然意识到什么,立刻噤了声。

他颔首,淡淡道:"不错,连出处都很清楚。"

她有些不好意思地说:"那幅画,我认识的一个人曾经也临摹过。那么明媚的颜色,花冠上的花还在开着,画中的男孩年岁正好,可他却那么寂寞。

这世上,每个人都有自己的幸福和快乐,他的哀愁悲伤又有谁去想过,无人问津,再美丽也不过是刹那芳华,还没开尽就已经凋谢。"

听她说完顾夜白全身一震,墨濯的眸有瞬间的失神。

男生的反应,她却没有看到,只郑重对他一鞠,低声道:"之前对你造成的困扰,对不住,顾夜白,我不会再来麻烦你。"

衣衫半湿,裹出纤瘦的曲线,小小的身影拖着缓慢的步子,眼看便要消失在眼前,顾夜白微一合眼,睁开,道:"非我不可?"

她一愣,随即折了回来,满脸惊喜:"你改变主意

了?"

顾夜白没有应声,好一会儿才淡淡道:"不管怎样,今天的事,我欠你一个人情。电影下周末才公映,距离现在还有两周时间,你帮我做一件事,事了之后,我应你所求。"

"真的?"她欢呼出声,眉眼盈盈,弯成一抹浅月。

"行,十件事都行。"眉峰一皱,顾夜白平生第一次有了悔意。

北二栋。寝室里,林子晏听罢事情的经过,大笑道:"那小女生叫什么名字?"

顾夜白正埋头为作品润色,随手在一旁的画布上写了个名字。

"路悠言?"林子晏挤眉弄眼,"喜言是非的言?"

"你脑袋里怎么净装龌龊的东西?"顾夜白手上动作微缓,脑里突然浮起分别前她微微浮着笑靥的小脸和那画面。

"顾夜白,也许我不招你待见,但好歹咱们也要相处一段时间,也不好老是'喂''哎''同学'这么叫吧。我知道你叫顾夜白,你还不知道我的名字呢。我叫路悠言。"

"明天五点三十分到北二栋找我,你就知道我要你做的事。"

天色尚未破晓,只在东方透了丝鱼肚白。北二栋宿舍楼前,一道挺拔的身影静静伫立。白色衬衣,藕色休闲长裤,男子俊美得叫人惊艳的面容,使得林荫道上整幅景致生动起来,只是那目光却隐约折射出几分冷凝狠辣,眼皮底下透出几分青涩,那是昨夜纵酒的缘故。

猫女的"亲近关系"计划(上)

昨天,是那人的忌辰。顾夜白自嘲一笑,每年的这几天,如果不靠酒精安抚,他必定无法入睡,睁眼到天明。酒下空腹,胃便折腾得厉害。

"顾夜白。"

不远处声音传来,身影渐渐清晰,待到气喘吁吁的女生跑到跟前,顾夜白已迅速将眼镜戴上,将眼中所有利芒瞬间敛去刚才种种,便如风过无痕。

"我没迟到吧?"路悠言抚着胸口道。

眸光一掠腕表,分针正好指上三十分,顾夜白便径自往前走。

悠言大惊,本以为他会带她上寝室,却原来别有去处,她眉开眼笑道:"我打听过,你住九楼,不必爬九层楼,那就最好!顾夜白,咱们现在要到哪儿去?"

"爬山。"

"什么?"我的天哪!

腹诽归腹诽,悠言摸摸鼻子,有点儿认命地跟在那人后面,突然想起什么,又一溜烟儿跑到顾夜白面前,道:"顾夜白,把这个解决了再走嘛。"

顾夜白这才注意到她手上拎了几只塑料袋子,袋子上方还冒着热气。把其中两只袋子往他手里一塞,悠言已自动自觉跑到花圃一侧,屁股往椅子上一粘,翻了个肉包子,有滋有味地吃起来。顾夜白神色一僵,走到她面前,把东西递回给她。

"怎么不吃啊?味道很好呢。谁让你约这么早,学校饭堂餐厅都还没开门,我可是跑老远买的。"

说到后来,便是一副"都怪你"的表情,这女生似乎很

第一章 情不知所起

有招惹人生气的本事。

"谢谢,但我没吃早饭的习惯。"他淡淡回绝,疏冷有礼。

自从泠死了以后,他就再也没有吃早餐的习惯了。

记忆中,那张纯净温暖的面孔,即使受了再多的屈辱与白眼,在生活最困难的时候,眸内那份温暖的笑意,自始至终都不曾退色。

泠,他的孪生哥哥。

这个少年,他也许从没有强势过,但他很坚强。

顾家,岂止是大户之家,旗下艺询社,所涉猎的产业,坐拥资产亿万,而他们是私生子,甚至,他们的父亲并不爱他们的母亲。母亲很早便过世,操劳过,伤心过,竟然相信过那男人可笑的诺言。

他们比谁都更清楚,在这世上,再也没有谁肯施舍一分关爱给他们,要活下去,必须坚强。

那时,他们年岁尚幼,还没有谋生的能力,每个月来自母亲哥哥的所谓责任的生活费少得可怜。但他的画画天分却已渐渐显露出来,家里几乎把吃用的钱都挪到给他买画具上,泠便把自己那份微薄的生活费再分成两份。除了正餐,哪吃过一份正式的早饭或夜宵。

泠有时会打趣说:"白,你的一张画纸一支笔抵多少个包子啊。"

他这样说,但生活再难,泠也支持着他学画。他们从不争吵。唯独在学画这事上争执过数次,他一度要放弃,泠却无论如何不允许他放弃。

等到他们慢慢长大,泠课下的所有时间都用来打零工挣生活费,并且要支撑他学画的所有费用。

偶尔哪月稍有剩余,泠买一点儿其他食物给他,他总倔着脸不肯吃。

泠却总轻轻说:"一个人吃不是滋味。"

他淡淡说:"两个人吃不饱。"

泠指指肚子,说:"这里,也许不饱。但这里,又拍拍胸口,很满足。"

一个人是寂寞,两个人才是生活。现在,他终于有能力让两个人都过上优厚的生活。只是,那个可以同享的人却已经不在了。永远地离开,再也不会回来,再也回不来了。

……

★★★★★

"顾夜白,一个人吃不是滋味。"困惑于他脸上阴郁的神情,悠言踱步到他身边,仰起头轻声道。

顾夜白猛然一震。

景物似乎便在瞬息变换。

眼前眉眼弯弯的女生仿佛和记忆里那个少年的影像重合。

怔怔之间,嘴角突然微温,却是她踮着脚把包子送到他嘴边。

"你碰都碰了,我也不能吃了,如果你一定不领情的话,就把它扔掉吧。"

他似乎无法说不了,不是吗?再多就显得矫情了。

她又埋头吃了起来。他嘴角一展,也放进嘴里咬了一口,滚烫的肉汁,味道委实不错。

01 Chapter 第一章 情不知所起 Qing Buzhi Suo Qi

突然传来她小小的叫声。

"嗯?怎么了?"他微微皱眉。

"顾夜白,我突然想起来,你手上的包子……我刚才有咬过。"她圆睁了双眸,定定看着他。

他从没沾别人口水的习惯!顾夜白翻了翻手上的食物,很奇怪,心里竟没丝毫厌恶的感觉。

耳畔突然是她张牙舞爪的笑声,"逗你玩的,我没有碰过。"

她啃着食物,话说得含糊不清,却快乐得像只偷了油的小老鼠。

噢,他也被她糊弄了。他微微一笑:"路悠言。"

"哎。"

"头低一点儿。"

"做什么?"

"你头发上粘了片树叶屑。"

"谢谢。"悠言的脸顿时红了,忙低下头。

头上"咚"的一声。悠言猛地抬起头,"顾夜白,你敲人!"

顾夜白淡淡一笑:"嗯,逗你玩的。"

悠言抓狂,瞪向男生高大宽阔的肩背,比较了一下二人的身高,得出的结果是:无法报复。她咬牙,只好作罢。

……

荧山。

悠言没料到顾夜白要来的却是这所学校后侧的小山。

"这里倒是很适合先什么后什么。"她一路走,一路咕哝。

二人的距离让他足以听清她的话。

顾夜白手指一屈，又慢慢放开……原来，打人也可以上瘾。

行至半山腰，东方破晓，夺目的霞光迎面而来。

悠言看得痴了，好一会儿才想起某人估摸已走远，一时大急，看去，却见顾夜白驻步在不远的地方。阳光映在他身上，仿佛镀上了一层薄薄的金边，高贵得仿佛古希腊寓言故事中的神祇。

不是没有见过装冷耍酷的男生。只是，眼前这个人该怎么说，他身上的疏冷并非刻意装扮，而是从骨子里一点儿一点儿渗透出来的，骄傲又寂寞。

悠言突然一惊，不过是刚刚认识的人，她又有什么理由去判断他的性格。

她也算是认识他了，但他的五官在她心中却始终模糊不清，凌乱碎长的刘海和过厚的镜框将他与她隔断到安全的距离。这个男生身上似乎有股危险气息，若有若无，明知道要排斥却偏偏又被诱导着靠近。

悠言苦笑，拍了拍胡思乱想的脑袋，快步跟上。

待到山顶，却见绿油油的草丛中躺了全套画具：画板、支架、画纸、炭笔、颜料、调盘，甚至还有小桶清水。

她这时倒是明白了，猜到顾夜白来这里干什么，这个古怪的男生！

"你这样随便乱扔，不怕东西被人偷去吗？"

"偷去就偷，再说，这些我并不认为会有什么人偷。"她点点头，"也对，它们只有在合适的人手中才可以化腐朽为神奇，譬如你。"

第一章

一顶高帽子砸过去总不会错,再说,这男生的画真的让人惊叹,如果不是他的画,她今天就不会在这儿。只是,他为什么一直籍籍无名?这样的画技,即使是被誉为全校第一的魏子健也远远不及。

魏子健,脑海里映出那抹矫健的身影,悠言脸上不觉一热。

扫了女生一眼,顾夜白若无其事道:"想起谁了?"

这男生的眼睛真毒!悠言忙欲盖弥彰:"我没有。"

"是我多事了。"

男生的声音有丝冷硬。

悠言一时怔怔,慢慢垂下眼睛。

"到那边坐下。"

"你要我做你的模特吗?"悠言一时惊讶,同时两颊泛起了红晕。

"嗯。"顾夜白答道。

"我还是第一次做别人的模特,我的样子可以吗?"

她喜滋滋的语气突然愉悦了他,刚才淡淡的不悦一扫而去。不悦?为什么不悦?为她脸上的晕红,为她想起谁?

顾夜白心里突然起了丝莫名的烦躁,好一会儿,才冷冷道:"模特最重要的是五官和形体突出,没有好看的,丑的也行。"

悠言大怒,随手抓起一坨草朝顾夜白扔过去。

"武器"杀伤力弱,加之她气力小,力度不够,无果。

★★★★★

凝向倚坐在岩石上动作僵硬的路悠言,顾夜白眉峰

猫女的"亲近关系"计划(上)

一皱,道:"明白什么叫死而不化吗?就是你现在这副模样。"

悠言再次被打击,狠狠瞪向他。

顾夜白却道:"脸上有表情,总算进步了。"

半晌,不见他动笔,悠言很是疑惑:"顾夜白,我这样还不行?"

顾夜白似乎等的就是她自觉发问,"用你平常认为最放松的姿势就可以。"

悠言吐舌,捣蛋地说:"最放松可是你说的。"

她说着身子往后一仰倚到石上,闭了眼睛,嘴角弯弯翘起,道:"睡着就最轻松了啊,顾夜白先生,路悠言小姐她已经睡着了,请勿打扰,非诚勿扰。"

顾夜白没有斥责她,空气中传来的是一阵沙沙的声音,若有若无,轻轻挠着她的心,很快又听不见任何声音了。

他生气了?她心里不安,睁开眼睛,眸光却突地和他的相碰。

不远处,他正静静看着她,眼神专注,那薄薄的温润,仿佛一泓漩涡,瞬间便将她吸下去。

这男人的手真好看,指甲盖儿是清浅的玫瑰色泽,骨节分明,白皙修长,炭笔就在那样好看的手中舞动着,他正认真地在纸上勾勒着她的轮廓。悠言不觉咽了口口水,心跳有点儿急遽,有点儿乱了。

悠言急忙闭上眼睛,不敢再看。

阳光渐暖,慵懒地打在她脸上。她的意识渐渐模糊,就在睡魔要把她吞没的时候,她只觉脸上微凉,似乎有什么东西在上面划过,触感冰凉又有点儿粗粝。

缓缓睁开眼,入目的是顾夜白的脸,他就在她咫尺之处,而在她脸上流连的却是他修长洁白的手指。

四眸相接,她不由得慌张起来,一把抓住了他的手。

她这是做什么!悠言一惊,哪壶不开提哪壶,哪里不乱动哪里。

在她忙不迭要放开他的时候,他却突然反手握住了她的手。

她脸一红,怔怔地看着他。他似乎也是一怔,五指慢慢松开她。

"你的头发把眼睛盖住了。"他站了起来。

"噢。"她小声应了。

他已走远收拾画具去了。

"画完了吗?我看看。"她忙找话说,想将适才的尴尬打散,也委实想看看他的画,想看看他画笔下的她。

"只画了一组,到时再看吧,你上课的时间到了。"他淡淡道。

"好吧。"她心里一阵失望。

她的模样映入眼中,顾夜白不觉唇角一扬,"还是说,你想翘课?"

"当然不行!"她脱口而出。

"你可不像这么爱上课的人。"他开玩笑说。

"可我这月都被记三次了。"有人再次自曝其短。

"果然如此。"顾夜白叹了口气。

悠言羞愤,继续谋杀地上小草,"就是说我还需要继续当你的模特,对吗?"

"嗯。"

"其实……你为什么选我?"有人好奇了。

"想。"

悠言脸上一阵泛红,喜悦的感觉却在心里一点儿一点儿透将开来,道:"你也常常这样想画别人吗?"

"当然不。"他的语气有几分淡漠,"只是我的素描课和色彩课刚好有几组作业要画,而你刚好送上门。"

瞥了她一眼,继续道:"差强人意,总是聊胜于无。"

手下小草继续乱飞,悠言生气地说:"你的嘴巴怎么这么毒哇!"

"明天下午你有两节课,课后我在宿舍楼下等你。"顾夜白瞥了眼满地的草屑。

"明天下午我有课?"悠言想了想,实在记不起来,只好不耻下问。

"路悠言,过来。"

悠言不解,还是照做了。

"你对别人的事上心,怎么对自己的就这么没谱?"

在他身前站定,一个响指已敲在她头上。

悠言愣了好一会儿,大怒。

"凭什么是你决定时间?虽然是我有求于你,我没发言权,好歹也有点儿附议权吧?你是不是该问问我的意见?还有,你这样乱敲,万一脑袋让你敲笨了怎么办?"

"那电影不去看了。"

"哼,不去就不去。"

"嗯,这画嘛,不画也画了一组,你不嫌吃亏,那就这样吧。"

"顾夜白,明天见!"

第一章

路悠言的身影消失在山腰，顾夜白却没有迅速收回目光，过了好一会儿，才翻开支架上的画纸。白纸如素，除去最初几笔不成形的线，什么也没有。

刚才她睡着了，阳光浅浅地映在她脸上，照得她容颜恬静，光晕卷起她唇上细细的茸毛，她看上去那么美好。他一眼定格，竟忘记了落笔。

＊＊＊＊＊

翌日，美术系教学楼。

马哲课基本是老师的个人秀，老师授课，学生开小差两不误。G大是全国有名的重点高校，美术系更是这重本里的金牌专业，只是，没有人规定金牌专业的学生便得有多循规蹈矩。又非专业课，几个班并在一起上，学生课娱便越发"多姿多彩"。

林子晏瞟了瞟身旁的顾夜白："你看外文书？"

顾夜白眼神一动："老师看你了。"

林子晏一惊，这中年妇女可不是省油的灯，被捉后果很严重，也不管顾夜白话里真假，即刻便收敛了，不敢再去"骚扰"顾夜白，继续埋头他的涂鸦。

顾夜白微觉奇怪，往他的画纸看去。

纸上，女孩的模样有几分熟悉，他略一沉吟，道："子晏，这是谁？"

林子晏脸上一红，胡乱道："就随手画的。"

"我看像有原型。"

"原型个屁！看你的书，哪里来这么多废话！"

顾夜白轻笑，一幅景象却在脑里清晰起来。

猫女的"亲近关系"计划(上)

黄昏的林荫道上,依偎在一起的两个女孩,其中一个便是林子晏画里的高挑美女,当日,林子晏还对人家破口大骂,现在嘛,情况变得相当有趣。

另一个女孩的脸逆了光,眼睛微眯着,眉宇轻盈又透了抹薄薄的忧悒,没落的余晖,似乎也无法穿透。

他微微出神,耳边突然传来老师的声音:"哪位是顾夜白?"

"我是。"

"夏教授明天到S市开会,离开些天,估计周末也回不来了,他让我转告,对你的辅导改到今天下午,你下课后到教员室去找他吧。"马哲老师说着也朝顾夜白连连打量了几眼,似乎也极为好奇这个得到夏教授青睐的男生到底是什么模样。

一句话让本来喧闹的教室顿时沉寂下来,随即有声音低低响起:"为什么是顾夜白,是也该是魏子健才对呀!"

林子晏舒心一笑,道:"金子发光喽。"

顾夜白皱了皱眉,这老师非得这么张扬吗?毕竟,夏教授的名气太大,而他在班上却过于平庸。

有美术系才子之称的魏子健,突然淡淡看了顾夜白一眼。

下课铃一响,有数个女生离位向他走来,顾夜白将林子晏往过道一扯,挡住了"障碍物",快步走出教室。

美术系行政楼。

"顾夜白。"

第一章

教员办公室门口，有人唤他。

顾夜白看去，却是有过数面之缘的外语系的周怀安。

"你好。"他还了声招呼。

怀安笑道："你怎么老戴着眼镜？"

"习惯了。"

"找你们系里的教授？"

"嗯，你呢，这里是美术系。"

怀安笑道："你们系里的张教授和我爸爸是好朋友，我找他有点儿事。"

顾夜白颔首："那再聊。"

"等一下。"怀安咬了咬唇，猛然出声唤住要离去的顾夜白。

顾夜白止住了脚步。

"张教授的名气虽不及夏教授，但听说夏教授的脾气非常古怪，从不肯独立带学生，如果你有兴趣，张教授那里我可以代为引荐。"

"不必了，谢谢你。"

"不客气。"怀安心里一阵失望，慢慢转身离开。

这背后跟着的人不累吗——眸光从女生身上移开，落到楼道拐角处，顾夜白眸中一冷，快步进了办公室。

拐角处，一个男生阴郁的脸一点儿一点儿露了出来，他突然警觉地喝道："谁？"

背后冷笑声传来。

"你刚才不是已经走了吗？"魏子健回头一看，却见那人是周怀安，他一愣之下，心里顿生了丝被窥破的躁怒。

"大才子，跟踪别人好玩吗？"

"周怀安,你这是什么意思?"

"我没什么意思,只是看到有人一直鬼鬼祟祟跟在顾夜白背后,一时好奇罢了。"

魏子健讥讽一笑:"你一直不答应我就是因为他?堂堂G大校花外语系才女,这就是你的眼光?"

"眼光?"怀安冷笑,"魏大才子跟我说眼光,我还想请教,画者的犀利你确定你有吗?"

"就因为夏教授选了他?你没有看过顾夜白的画吧?给我提鞋,怕他也不配。"

夏教授选了他?怀安一怔,怪不得他刚才拒绝了她的好意。

她红唇一扬,又淡淡道:"想来是夏教授老眼昏花了,可不是有人三到其门也不得入吗?"

"谁知道顾夜白在背后做了什么,夏教授才选了他。"

"自己技逊,何必侮辱别人?"

"周怀安,你真好,我这样待你,你就是这样回报!"魏子健脸色顿沉,冷笑道。

"较之某些道貌岸然的人,我当然好。礼尚往来,魏子健,你的话我送还给你。你有看过顾夜白真正的作品吗?"

魏子健大怒,一把抓过怀安的手腕。

"大才子,在这里撕破脸面不好看吧?我是不打紧,喜欢你的女生可是会很失望哦。"

怀安挥手挣脱钳制,冷冷转身离开。

魏子健咬牙,狠狠盯向怀安的背影。

"《原色》夜泠的专栏会有你想知道的东西。"女生突然回头一笑,冷艳不屑。

01 第一章 情不知所起 Qing Buzhi Suo Qi

"周大美人,带刺的玫瑰,我最喜欢,你等着瞧,终有一天,你终会答应当我女朋友!"魏子健挑眉,一字一顿落下宣告。话音落下,却又邃然一怔,《原色》?作为美术系的学生,谁不知道这本国内排行前三的权威美术杂志。

★★★★★

从夏教授的画室出来,夕阳已经西斜。

抬腕看看时间,顾夜白皱了皱眉,和那丫头有约,却临时被夏教授叫了去。到现在已晚了近两个小时,是他失约在先,她怎可能还在他宿舍楼下等他?

念头一转,快跑的脚步便慢了下来——明天向她道歉吧。

回到寝室楼,果然看不到她,顾夜白又朝四周看了一遍,才走了进去。

"顾夜白,我好歹等了你两个小时,你就一分钟也不能分给我吗?"刚踏上梯级,却听得背后声音急促地传来。

这声音——顾夜白浑身一震,立即转身。

夕阳下,女子一袭白色及膝裙子,从树丛里走出,手抚着胸口,她长发散了一肩,眉眼弯弯,正似笑非笑地看着他,又似走得极急,微微喘着气。

阳光把她晕染得绚丽又调皮。

这时,他还不知道,这幅景致,她笑语盈盈的模样,只一眼,已永永远远刻在他的脑里,任以后岁月再远,时光灰飞烟灭,就像顽固无比的藤蔓,她的笑也不曾磨灭半分。

"对不起。"他逸了口气。

"不解释一下吗?"她轻轻一笑。

猫女的"亲近关系"计划(上)

"吃饭了吗?我请你吃饭当赔罪。"

顾夜白的语气有丝生硬,悠言一愣,又笑了:"顾夜白,我猜你一定很少请人吃饭吧。"

顾夜白一副无所谓的样子。

"不然为什么明明是你请客,却像是我欠了你似的。"悠言眼珠一转,摇头道,"我不去。"

顾夜白一愣,眼睛直盯着路悠言。

气氛有些尴尬,悠言赶紧道:"我才不会像某人那样没气度。"

顾夜白听到这话,心里微悬着的一丝担心突然放下,视线落到那刚才一直藏在背后此刻突然伸出来的小手上——她手上挽着的是两个盒饭。也有他的一份?顾夜白心里暗暗地想。

"顾夜白,我等了你很久很久。"她低声道,有一点儿委屈。

"以后,不会再让你等。"他脱口而出。

话一出口,顾夜白重重握了握手。

悠言"嗯"了一声,笑道:"没有等到你,我就先去买饭了。"

"如果我一直不来,你怎样?"他盯着她,话随口说了出来。

"等啊,不然怎样?"她反问,仿佛他问了个奇怪的问题。

"等?"

"你不像是随便失约的人,再说是你约我的,更不可能失约。"

"不要说得那么笃定,你并不了解我。"

那股熟悉的烦躁又不请自来,顾夜白神色一冷。

"我说顾同学,你这话是不是暗示我,你还会失约?不是说以后不会再让我等吗?"她走到他面前,仰头瞪他。

"不会。"顾夜白唇角不觉扬开,刚才的尴尬与冷场一扫而光,"走吧。"

"上哪儿去?"她晃了晃手中的东西。

他拿过塑料袋子,淡淡道:"上次你没能爬成九层楼梯,现在爬吧。"

"去你寝室?"悠言低呼,傻呵呵笑问,"你不会是坏人吧?"

顾夜白一笑:"你看我像坏人吗?"

悠言有些不好意思,加快脚步,朝他宿舍的方向走去。

★★★★★

进到顾夜白的寝室,悠言打量着四周,直呼道:"顾夜白,你这里的环境真好。"

顾夜白收拾得很是整洁,丝毫没有男生惯有的邋遢。

"但是住宿费很高啊!"有人笑着从房间里走了出来。

"你哪位?"悠言着实被吓了一跳。

"美女,你几年级的?"娃娃脸男生笑容可掬地问道。

"二年级。"悠言老实回答道。

"那我就是你的学长了,初次见面,学妹有礼了。我是你三年级的学长林子晏,顾夜白的同学。来,学妹,咱们来握个手吧。"

悠言被这位林学长的热情吓到了,急忙躲到顾夜白背后。

"你来我这里有事?"顾夜白瞥了林子晏一眼。

"我的颜料用光了。"

林子晏话未说完,一盒冰凉的物体已被塞进手里。

顾夜白给了他一个"现在你可以走了"的眼神。

林子晏一声冷哼,朝悠言道:"学妹,那咱们下次再玩儿。"

"我不跟你玩儿。"悠言再往顾夜白背后靠了靠。

林子晏不乐意了,挑挑眉,又要发话,顾夜白道:"子晏,过来,我有事跟你说。"

林子晏微感,走到好友跟前。

顾夜白扬手一探,揪上林子晏的领子,然后反手一推,旋即关上门。

一串动作干净利落,悠言看得目瞪口呆。

"坐吧。"

悠言点点头,乖巧地在小沙发上坐下。

顾夜白将手中东西搁下,想给她倒杯水,抬手却发现屋里只有自己的杯子,除了林子晏,这里本也没什么访客,顾夜白自嘲地一笑。

她的声音轻轻扬起:"顾夜白,我不渴,我饿了,咱们吃饭吧。"

顾夜白淡淡应了声,坐了下来。他想了想,从钱夹里抽了张票子递给她。

路悠言一怔:"什么?"

"饭钱。"他淡淡道。

她小脸一拉,一字一顿道:"我以为我们是朋友。如果

你非要给我钱,那我把东西拿走。"

半空中的手一僵,慢慢收了回去。

"咱们吃饭吧。"她闷闷道,将放在上面的盒饭递给他。

她生气了?

顾夜白的眼神扫向她脸上的一丝情绪,道歉的话几乎便要脱口而出,他终究没说什么,只是默默地接过她递来的东西。

打开饭盒,里面的饭菜竟是两个人的份。

"我不知道你喜欢吃什么口味,就每样都点了一些。"她轻轻一笑。

"谢谢。"一丝暖意在心头漾开,微微的温,毫无防备。

悠言悄悄看了男生一眼,这家伙用餐的动作还真是优雅至极……再看看自己,呃,可不是猪啃食的样子吗?不禁扑哧笑出声来。

他看了她一眼:"怎么了?"

"不告诉你。"她撇撇嘴,刚要继续大快朵颐,目光却落到对面的男生,愣住了。

男生的饭盒盖子上,被夹出一堆食物。

这男生挑食?悠言想了想,道:"顾夜白,筷子给我。"

顾夜白不知道路悠言要做什么,仍照做了。只见她在自己的饭盒里仔细翻了翻,把一些肉菜夹进他的饭盒里,动作有些拙劣,她却笑得欢快,仿佛完成了一件至关重要的事。

才一抬头,目光却跌进顾夜白深沉的目光里,悠言脸上一热,忙道:"都是干净的,我没碰过,你放心。"

"不是这个。"他淡淡道。

"给你的菜都是你喜欢吃的。"忽然想起什么,她又连忙澄清,又将他挑出来不要的肉菜都夹进自己饭盒里,"我不挑食。"

他还能说什么。送了一口她夹来的菜蔬进嘴里,顾夜白慢慢嚼着,目光落到她的发顶上。窗外的天似乎快黑了,光芒在这几近熄寂的时间里,仍旧叫人感到明亮,冷寂许久的心,竟有一个地方自发柔软起来。

晚饭后,又画了组素描,约好下次见面的时间,她笑笑向他道别。

顾夜白没有送她,却不觉踱步到阳台,放眼去看那抹走出楼梯的娇小身影。

天色越发暗淡。不远处的篮球场里,不少男生还在热火朝天打着比赛。走到铁网旁,路悠言突然停住脚步,手撑到铁网上,认真看了好一会儿,才踢着步子不舍地离开。

她在看什么?这篮球场上的某一个男生?

有股怒意隐隐从心头涌出,迅速侵占了他身体的每一处。

接下来的日子,他们见面极频,他的宿舍,荧山。

有一天,路悠言懊恼地告诉顾夜白,因为胶卷坏了,她约他看的片子改了播映时间,延了两个星期,这期间插播其他影片。那一天,他发现他的心情很愉快。

每天早上,她还是揉着眼睛,拎着几袋早点过来,一段时间下来,他有些好笑地发现,他居然把这附近小店的风味几乎都吃遍了,她每天会告诉他她是在哪里买的早饭,而他

没有告诉她的是,他的作业其实早已画完。

如同往常的每一天,这天天微亮的时候,顾夜白发现了那抹坐在他寝室楼下花圃前的身影。失去平日所有嬉笑搞怪的模样,今天的她显得异常安静,乖巧地坐在椅子上,一动也不动,静静看着自己的鞋子。

他突然想起,今天是他们约定的最后一天,她的诺言已经全部完成,明天该是他依言赴约的日子。原来一个月的时间已经过去,在这不知不觉间,如同指缝中的流沙。

那会是个什么样的片子?不知道从什么时候开始,在学校的小型影室前经过,他会驻足一会儿,可是他终究没有进去查看那部电影的名字。而明天过后,他与她就像平行线一样回到各自的轨道,从此再不相交。

似乎听到了他的脚步声,她抬起头,对他浅浅一笑。

这笑容,让他突然觉得刺眼,不觉沉了声音:"别笑。"

悠言一愣,唇角原本僵硬的弧度慢慢敛起。

她其实并不想笑。

习惯了在早上五点前起床。快速地洗漱,然后骑Susan的自行车到校外买早饭,回宿舍楼下停好车子,再去赴约。

今天其实和往常一样,并无特别,只是出门的时候Susan突然醒了。

Susan笑得叫一个狡猾,道:"言,电影貌似是在明天晚上放映,你做了魏子健一个月的模特,明天可以问收成了。"

原来已经一个月了?今天是最后一天?

她所有的动作瞬间停歇下来。

猫女的"亲近关系"计划(上)

该开心的不是吗?不必再早起,不必再找那个人,那个满腹才华却拽得要命骄傲又寂寞的男人。只是,为什么窒闷的感觉却让自己很不自在。

"珊。"

"说。"

"你记得答应过我的事情。"

"得,绝对不告诉你爸你放假要去庐山的事。小样儿,不是用这威胁你,这真心话你不会说,估计大冒险也要耍赖。我这不是为你好吗?大冒险,让你约魏子健去看电影。倒没想到魏子健会让你当他的模特。你看这一个月和魏子健相处,再加一场甜蜜的约会,你们……"

她苦笑着出门。聪明又迷糊的阿珊啊,魏子健早已搬出北二栋的公寓,新搬进去的是一个叫顾夜白的男生,魏子健是学校的风云人物,曾多次在一些活动里当过嘉宾,而且她私下也因别人的嘱咐找过他一次,所以她认得他的声音,所以大冒险那天晚上,她已听出电话另一端并不是魏子健,不过是一场将错就错。不管怎样,她既然完成大冒险,珊也得遵守诺言,只是,现在还不能告诉珊,等一切结束以后吧。就在明天。

气氛安静。

悠言很不安,讨好地把早饭递到男生面前。

顾夜白淡淡道:"你吃。"

她被拒绝了!若是往日,她必定想尽办法让他吃下。只是今天他酷冷的模样,让她不敢轻捻虎须。悠言心里突然一恼:顾夜白,就你跩!

拎过粉蒸丸子,路悠言走了,走得飞快。

01 Chapter 第一章 情不知所起

凝视着那气呼呼的背影,顾夜白的眉心慢慢锁紧。

荧山。

"顾夜白,明天早上我还要过来吗?还是晚上电影院等?"

背后的声音唤住他收拾画具的动作。

她是小心翼翼的语气,他心下却一沉,她就如此迫不及待要逃离他?如此希望把他们之间的联系尽快斩断?

"等价交换不是吗?明早见。"

男生出口便是冷冷的语气,悠言咬牙道:"好!"

与他擦身而过,她心里疼痛愤懑,忍不住回头冲他道:"顾夜白,我并不欠你什么!"

一吼之下,委屈的泪水逼出眼眶,转身便跑。

顾夜白一震,不假思索便要去追,却又硬生生停住了脚步,该死的!现在他只想将她紧紧拥入怀里。

但抱了她意味什么?他们不过才认识一个月,一个月时间,足够喜欢上一个人了?他只知道她叫路悠言,学校外语系二年级的学生,其他的便一无所知。当初,他会答应那场无比荒谬的约会,已是连林子晏也觉得不可思议的事情。对于她来说也许不过是一场游戏,他却喜欢上了她?

不,这个世界上,他不需要别人爱他!也绝不会爱上别人!爱是什么玩意儿!不过是把母亲逼死的可笑又可恨的廉价东西!

盯着她的背影,他的手紧紧握成拳。

晚上回来,顾夜白从冰箱里拿了一罐啤酒,走到阳台上。

目光随即落到宿舍楼下树暗处的一个男人身上。

猫女的"亲近关系"计划(上)

那人一身做工考究的西装,身材高大,远远看去气度不凡,只是戴了副墨镜,在夜色中平添了几分神秘诡异。

顾夜白冷笑,噢,又过来了吗?

突然,他裤兜里的手机振动起来。

意料之中。

他按了接听键,淡淡道:"我现在下来。"

Chapter 第二章
时光的掌纹

风吹鸢尾,香气弥漫,阳光温暖,枝叶鲜嫩欲滴。一条长椅,二人分坐。寂静的校园,所有人都在上课。悠言突然有种悄悄干了坏事的感觉,只是,这坏事她并不讨厌,很喜欢。

猫女的"亲近关系"计划（上）

夜色弥漫。

黑暗中，那人透过墨镜打量了他良久，顾夜白也不多话，径自走到前面，那人一声不吭，紧跟上来。

片刻后，两个人来到了楼外一家咖啡店。

找了个僻静的角落，顾夜白靠在椅子上，随手摘下眼镜，瞥向对座的男人。

到底是几经风浪的人，那人在他犀利的目光下，也不由得烦躁起来。终于，那人按捺不住低吼道："在你的眼里还有我这个长辈吗？"

顾夜白轻笑，俊美不可方物的容颜在微暗的灯光下多了分妖异。

顾夜白，突然伸手探过餐桌。

他动作迅速敏捷，男人惊愕之余，桌上已赫然多了副墨镜。

男人的面目顿时暴露在灯光下：五十岁上下的年纪，面貌英俊，眉眼间竟与顾夜白有几分相似。

"当然，我时刻提醒着自己，顾腾辉，你是我的父亲，更是一个不折不扣的不可饶恕的人。"顾夜白勾了勾唇。

"你！"惊怒之下，顾腾辉伸手猛地朝顾夜白扇去。

洁白的指倏地一翻一扣，顾夜白一把将顾腾辉的手掣到桌上，另一只手把桌上一樽玻璃杯敲碎。

顾腾辉大吃一惊，喉间被一块尖尖的玻璃碎片抵住，七彩棱片在灯光下闪着寒光，让人寒栗。

"你要做什么？"他颤问。

"这句话该我问你才对吧，爸爸。"顾夜白嘴角勾笑，语气却冷冽如冰。

"顾夜白,你这个妖孽,你当年已将你的异母哥哥逼疯,今天要把我这个父亲也杀了吗?"顾腾辉瞪视着顾夜白,英俊的脸因怒气显得恐怖。

"哥哥?那是你的儿子不是我的哥哥!妖孽?说得好,我倒真希望自己成了妖孽,那么你的儿子就不是疯了这么简单。"两只眼睛布满嗜血的光芒。

"你疯了,顾夜白。"顾腾辉怒极反笑,"我查过你的成绩,破烂不堪,但只要你愿意跟我回去,我亲自教你,假以时日,你的画技一定会突飞猛进,将来顾家的产业……"

"爷爷的眼光真远,孙辈的能力也直接影响到你们几个兄弟的继承权,我是不是该称赞一声,顾先生?你外面不是有很多女人吗,怎不找她们再生一个孩子去争那顾家的家业?因为你的身体出了毛病,再也生不出孩子,才要找我这个私生子回去是吗?"

"妖孽!"顾腾辉被说中心事,脸色惨白。

"我确实不是人,你的儿子杀死了我哥哥,我只是将那个畜生弄疯而已。"笑意翻暗,顾夜白反手一划,玻璃从男人颈脖划过。

洁白的桌布顿时被鲜血染上。

疼痛袭来,顾腾辉一惊,眦睚欲裂,瞪着那殷红的血迹,浑身哆嗦起来。

"你原以为我不敢下重手吧,"顾夜白只是笑,挑眉道,"别忘了我是疯子,这可是你说的。"

虽是位处角末,光线昏暗,但动静早已惊动了周围的人。

"什么事?"有人拔高了声音问道。

猫女的"亲近关系"计划(上)

顾腾辉正想呼救,顾夜白啧啧而笑,已一手捂上他的嘴。

母亲和哥哥灰败的脸在脑中划过。

心中恨极,手中的玻璃往前,又轻轻一送,顾腾辉恐惧无比,嘶哑了叫声。

"顾夜白,不要!"颤抖的声音突然在空气中响起。

急遽散乱的脚步声,发丝微乱,一张苍白的小脸在浅橘的光线下一点儿一点儿显露出来。

顾夜白定睛一看,是她!

四目交接,路悠言一双眸布满泪水,"顾夜白,住手!这会毁了你!不管他是谁,不值得把你自己搭上,顾夜白,你听到了吗?"

"路悠言,这里没有你的事!"喉间迸出沉殇的声音,再没看她一眼。

店内骚动。

看着渐渐迫近的人,悠言咬咬牙,抬手握上了顾夜白手中的玻璃。

鲜红再次汩汩而下,不同的是,这次是她的。

顾夜白浑身一震,眼里看见的只有女子泪痕爬蔓的苍白脸庞,再无其他。

他长指一挑,玻璃片放入口袋,一把揽过女子的腰,挥手打翻逼近的人。

悠言急道:"后门在那边。"

顾夜白按她指的方向,抱着她疾奔。

顾夜白的手紧紧掌在她的腰肢上,她整个被他搂在怀中。鼻间全是他清新又诱惑的气息,背后是远去的喧嚣声,

奔跑中,急促的风扑面而来。悠言的心跳,快得不可抑制。她突然又想起一件事,焦急问道:"他会报警吗?"

一旦那男人追究起来,他又该怎么躲?害怕顿时袭遍她所有感官。

听出她声音里的担忧和颤抖,为他所生的担忧和颤抖,狂乱的喜悦霎时涌上心头,顾夜白把她抱得更紧一些,回答道:"言,那人不会,我还有他可以利用的地方!"

没有听出突然变换了的称呼,悠言只是信赖地点点头。

★★★★★

寝室。

替她清理伤口,她瑟缩了一下,顾夜白的心便也跟着狠狠抽了一下。

她悄悄瞟了他一眼,他动作轻柔,眼神专注,刚才的狠厉哪还见半分?

"以后不要再这样了。"她伸手覆上他的大掌。

另一只手,随即盖上她白皙纤细的手。

"好。"顾夜白点头称道。

悠言暗骂了一声自己,手挣了挣,顾夜白也不勉强她,任她去了。

"路悠言。"

"嗯?"

"你就是头猪,还是说你的手不想要了。"

顾夜白的语气有些埋怨。

悠言瞪目,他是不是搞错了?该被训的是他吧!不是他,她会受伤吗?看了眼自己的手指,划破了几道口子,还

猫女的"亲近关系"计划（上）

好不是很深。

她想替自己说几句，抬头却看到他眉眼的怒气，她一下气馁，到嘴边的话便咽了回去。不觉有些委屈，别过头，只是不说话。

顾夜白微叹了口气："你为什么会在那里？"

"那店又不是你开的，我在那里打工。"她幽怨地瞟了他一眼，"我到邻桌送饮料，哪知道一回头就看见你，你不戴眼镜，我差点儿认不出来了，啊……"

她说着，突然叫了一声，猛地站了起来。

这女生就不能有一时半会儿的安静吗？顾夜白低斥："怎么了？"

"你的样子……"悠言愣道，她竟然到现在才发现这男生俊美到极点，特别是那一双眸，似火似冰，深邃锐利。

她瞬间红了脸，赶紧低下头。

顾夜白浅浅扬了扬眉。当初，为避开与顾家的纠缠，他隐藏起自己的画技，索性连这容貌也隐藏了。

"你不戴眼镜的样子很好看。"

"如果你喜欢，那以后就摘下吧。"

悠言差点儿没把自己的舌头咬掉，瞪着地面，她觉得连呼吸也急促了。

顾夜白看到的便是那黑柔柔的一直要低到地面去的小头颅，手，不觉竟将她的手握紧。

也许，从她握上他手中锐利的玻璃那一刻开始，他和她之间就有什么事说不清了。不是没有过交往的人，但与情爱无关。而现在，一切似乎都已不在他掌控中，他厌恶这种感觉。

第二章

一切到此为止吧。再下去，不管对谁都不是好事，"也晚了，你回去吧。"

悠言还沉浸在刚刚的喜悦中，却被顾夜白这一声"你回去吧"唤醒了，心里顿时失落起来。

但还是点点头："那我回去了。"虽然心里极不情愿。

门缝里，男生清俊疏冷的脸庞即将掩去，她忍不住道："顾夜白。"

"还有事？"顾夜白将门微拉开了些。

"咱们明天早上还见吗？"她有点儿忐忑。

他反问："你不愿意？"

"没有，没有，我很愿意，我愿意的。"悠言涩涩道。

悠言突然觉得自己变得很奇怪，再也不认识现在的自己，她在意他所有的话，明明早上还恼着他，当在咖啡店看到他要伤人的时候，她心心念念的却是他的一切。突然想起很多年前，妈妈教的一首诗：相思已是不曾闲，又哪得工夫咒你？

那时年纪小，又哪会明白是什么意思，现在她一惊，相思已是不曾闲？她怎么会想到这个。

"路悠言？"

悠言赶紧找话说："刚才那个男人是谁？"

顾夜白眼神顿暗，冷笑道："你不是都听见了吗？何必再问！那是我的父亲，我是他在外面见不得人的私生子，懂了吗？"

门猛地合上了。

悠言鼻子一酸，低喃道："我怎么知道？我又怎么会知道？"

猫女的"亲近关系"计划（上）

不过九层楼梯，她是用爬的吗？在阳台等了很久，竟没看到她出来，顾夜白烦躁地将手中的烟掐了，正想下楼去看，一道纤瘦的身影从楼道里慢慢走出来，边走边擦着眼泪。

顾夜白低咒了一声，反身摔上阳台门，竟不敢再看。

★★★★★

四月里的明媚敌不过暧昧的忧伤，五月已至。

这一天，她足足晚了一个小时，这是最后一天，也是一个月来，她第一次迟到。

坐在她往日惯坐的长椅上，顾夜白锐利的双眼不时搜寻着四周。

时间一点点过去，每个角落却都还不见她的身影。相识一个月，甚至没有问她要一个手机号码。每天仅凭着一个口头的约定，下一次的见面，竟也从没有过失约。

课铃响起，顾夜白咬了咬牙，猛地合上眼睛，她不会过来了。

美术系教室，夏教授开始点名。

"顾夜白。"

"在。"

课堂上立刻有人哄笑："林子晏，你别以为穿了马甲教授就认不出你。"

林子晏狠狠瞪了对方一眼，把从隔壁位子上"借"来的一副眼镜扔回去，瞟了一眼另一侧的空位子，难得皱起双眉。

讲台上，夏教授若有所思，顾夜白一向守时，也从不逃课，今天竟然缺席了。

*****

G大投影室。

来往的大都是年轻的学生情侣，一个高大挺拔的男生在布告板前停下脚步。

上面有详细的电影简介。

今晚放映的是《庐山恋》。这是20世纪80年代的老片子，也是一部非常特别的影片。庐山有一座小型影院，每天从早到晚只放映这部影片，它是世界上在同一影院连续放映时间最长的电影，甚至获得过世界吉尼斯纪录。

原来，她一直想看的是这部片子。

在今天之前，他并不知道有这样一部片子，就像在一个月前，他也不知道他会认识她。这场一辈子的电影，她为什么要约他来看。

今天是他与她约定的最后一天，早上她失了约，晚上他却赴了约。

"顾夜白，你也来看电影？"带着惊讶的笑，女子唤住了他。

不必去看，顾夜白自嘲地一笑，不是她。

前方三个女生走了过来。居中一人明眸皓齿，正是外语系大美人周怀安。

他淡淡点头："你好。"

"你们先进去吧。"怀安低声对身边女伴道。

那二人互视一眼，又打量了顾夜白数下，向怀安挤挤眼，笑着走开。怀安微微红了脸。

猫女的"亲近关系"计划(上)

"怎么还不进去?"走近一步,与男生又靠近了些,她轻声问。

"在等人。"

回答的是他一贯疏冷有礼的声音。

怀安心里一沉,等人?男人还是女人?这片子,会有两个男人一起来看吗?脸上却依旧笑意明艳:"在等女朋友吗?"

"不是。电影快开始了,你进去吧。"

他否认了!简单的两个字,她紧绷的神经却一下放松了。

"顾夜白,要不我们一起看?"怀安的声音更轻了,红唇潋滟,涤荡着九分美丽一分诱惑。

顾夜白正想拒绝,有个嘲弄的声音突然插了进来:"顾夜白,什么时候和咱们的周大美人好上也不说一声。这消息一出必定成为校报的头条,这样的一对,实在新鲜不是吗?"

几步开外,魏子健和一个颇有姿色的女生站在一起。

那话分明讽刺顾夜白不配,怀安一听,当即拉下脸色,正想答话,却听得顾夜白道:"按魏同学这么说,如果她和你这样的凑一起又叫什么?哦,不对,是我问得拙了,也得要有如果,魏同学才好回答这问题。"

她喜欢这男生又淡又利的词锋,怀安唇角微弯,魏子健的女伴却已扑哧笑出声来。

魏子健吃鳖,心中自然不悦,当即冷了脸:"夏教授带出来的学生,校园祭的画艺大赛拭目以待!"

话音一落,狠狠看了二人一眼,便即挽了女伴离开。

"下作!"怀安冷笑,又缓缓看向顾夜白,柔声道,"谢谢你给我解了围。"

"将你和我放在一起来说,是委屈你了。"

"顾夜白,我……"怀安咬了咬唇,不委屈,喜欢的话几乎便要脱口而出。

这时一只手突然按到她肩上,她一怔,转身看去却是Susan。

"周怀安,有看到悠言吗?"Susan一脸急色。

怀安心下冷笑,脸上却淡淡道:"你是她的好姐妹都不知道她去了哪儿,我又怎会知道?说来,今天的课她又缺席了。"

那"又"字落音甚重,Susan咬牙,暗骂自己是瞎了眼才问这姓周的女生。

外语系,这些都是她的同学,她今天缺席了?她到底去了哪里?顾夜白神色不变,心里却担心了起来。

这两个女孩的嫌隙是一眼便看出的事情,他向来不爱凑这些热闹,只是,脚步却像有了自己的意识,无法抽离,只想知道多一点儿她的信息。

"顾夜白,她还没来?"

一个男生撩开眼前的垂柳,走了过来。

四周柳树遍布,荷塘,轻柳,月色。突然出现的男生,一下流淌过鲜活的气息。

"子晏。"顾夜白没想到林子晏也到这边来了

"嗨,旱鸭子。"

林子晏看了看与她打招呼的Susan,脸突然红了。

"你们认识?"顾夜白勾了勾唇。

林子晏眼神飘忽,只是那脸上的颜色不断升级。

顾夜白恍然道:"哦,她不就是你说的那个同性恋吗?"

林子晏大叫一声,立刻扑过去掐住顾夜白。

狠狠扫了眼林子晏,Susan骂道:"神经病!"

骂罢,踩着高跟鞋,扬长而去。

看着Susan离去的背影,林子晏生气了:"顾夜白,我掐死你。"

"电影开场了,进去吧。"顾夜白反手一扣,将林子晏轻挥出去,看向怀安。

"那你呢?"等了这许久,终于还是吝惜她一场电影吗?怀安低声问。

"我的朋友还没过来,我再等一下。"

"周美人,我是顾夜白的同学,我和你一起去吧。"林子晏嘿嘿一笑。

怀安心里失望,却也不好表现出来。"那再见。"

电影散场的时候,怀安看到荷塘边顾夜白高大的身影,她自嘲地一笑,他到底在等谁?这"再等一下"是九十分钟,一场电影的时间。

★★★★★

那场电影路悠言终究没有去,顾夜白想,但他也不欠她什么了。

翌日,顾夜白经过林荫道的花圃前,还会看那长椅一眼。

第二天,还会。

第三天，也还会。

第四天，他只径自往前走，再也不萦于心。

"顾夜白。"身后传来一声呼喊。

顾夜白的呼吸微微一紧，脚步却没有停止，背后的人是谁，与他又有什么关系？

"顾夜白，别走！"

突然，"啪"的一声响，她跌倒了？他顿了一下，咬牙压下转身的强烈念头，快步离开。背后，随风散去的似乎是她哽咽的声音。

他一路走过，只见校内鸢尾花花开似蝶。

这节是夏教授的课。

连林子晏也停止了每天可疑的涂鸦，认真听课，偏偏他脑里却全是她的声音。

下课铃一响，他把书一收，刚要离开，夏教授却走了过来，道：

"小顾，下个月的校园祭画艺比赛，你怎么看？"

G大九十年大校庆，重大的校园祭活动。

没有传承则无以为继，这是G大创校以来的理念，文学、音乐、画艺、电脑、柔道和剑道，这六项G大创校之初便引以为傲的技艺将分成六场比赛举行。更早一些时候，隆重的宣传告示已贴满全校大大小小所有大屏幕、布告板。

顾夜白道："老师，我不打算参加。"

夏教授一声微叹，拍了拍他的肩："你再考虑一下。"

旁边几个男生对魏子健道："就他顾夜白大牌！不参加还不是忌惮子健你？"

"你懂个屁，不懂就别在那里放屁，臭死人了。"林子晏冷笑。

众目睽睽，那几名男生脸上怎挂得住，当即大怒："林子晏，你嘴里放干净些！"

顾夜白按住林子晏的肩，摇了摇头。

夏教授沉声道："你们这帮猴子都反了是吗？"

教授发怒，一个教室霎时鸦雀无声。靠门的座位，一个男生尴尬道："顾夜白，有人找。"

顾夜白眸光微动，看了过去。

一个脑袋瑟瑟地探了进来。

"路学妹，你不是神秘失踪了吗？"林子晏一擦眼睛，吼道。

顿时，数十道目光齐刷刷扫向门口。

来的正是悠言。

悠言一呆，小脸逼成酡红，暗暗把那林学长腹诽百遍。

顾夜白冷冷一笑，她居然找到这里来了，将背包挎到肩上，他对夏教授道："老师，我出去一下。"

夏教授看了门口的女生一眼，吁了口气。

所有人都在看他们！

悠言红着脸，呆呆看着冷漠的男子走近。

肩上突然被人按住，低沉磁性的声音从头顶上方传来："妹妹头，你真不乖，自己跑了。"

悠言赶紧回头，一个高大的男生正皱眉看着她，眉宇挺拔，目光炯亮。

"迟大哥。"

班上立刻有人道："那不是音乐系的迟濮吗？"

被唤作迟濮的男生瞥了前方快步走来的男生一眼，大手

往悠言腰间一揽,将她抱起。

在所有人的惊呼声中反身离开。

所有冷静全部瓦解!她的笑靥,她轻轻浅浅地唤"顾夜白"的声音。谁也不能碰她!谁也不准!满脑充斥着的便是这个疯狂又霸道的念头,顾夜白紧跟着走出教室。

"迟大哥,你这是做什么,赶快放我下来。"悠言急了。

迟濮抱着她走了一路,所到之处,她身上都快给目光戳穿千百个洞了。

"你这小孋子,还敢给我嚼舌根子,一个没看住你就到处乱跑,甚至跑来这边找男生,当心我告诉你爸。"迟濮一声冷哼,一半是逗弄,一半倒是真气的。

"我那天失约了,他一定很担心我。"

迟濮斥道:"那小子傲得什么似的,你管他做什么。"

悠言正要为某人辩上几句,突觉四周一看一个眼熟,这是外语系的教学楼!她大惊,扯住迟濮的领子:"迟大哥,你这是要去哪里?"

"送你回宿舍。"

"你怎么不把我送你的音乐系去,到这边祸害我,我这下是跳黄河也洗不清了。"悠言怒。

迟濮笑道:"那跳长江。"

"迟大哥!"悠言急了,"成嫒姐误会了怎么办?"

"她又不是不知道我把你当妹妹一样宠。"

"我本来就是你表妹好不好!可她不知道哇,你为什么不告诉她?"

"一旦让她发现了我们的牵连,便很难解释清楚了。"

猫女的"亲近关系"计划(上)

迟濮摸摸她的发,叹了口气,这时冷冽的声音从背后传来:"迟濮,放下她。"

迟濮转身,抬头看向来者。

是顾夜白。

目光落在蜷缩在迟濮怀里的女生身上,顾夜白冷冷道:"路悠言,你又想玩什么把戏?"

悠言脸色一白,扯了扯迟濮的衣袖:"迟大哥,放我下来。"

顾夜白的态度早激怒了迟濮,把悠言往怀里揽了揽,冷笑道:"不放又怎样?"他想看看这个顾夜白到底有什么举动。

悠言挣了挣,声音有点儿沙哑:"迟大哥。"

★★★★★

正值下课时间,教学楼前的火药味,早引得学生驻足围观,并且低声指点。

怀安随着人流走出来,便看见这一幕,看见顾夜白紧紧盯着悠言,步步逼近。

悠言咽了口唾沫,有种被人捉住下场绝对会很惨的认知,只是,却忍不住盯着他看。

迟濮看她这样子,心里终究不忍,道:"顾夜白,你说,她这个样子我怎么放开她?"

顾夜白一怔。

迟濮将悠言放下来,让她靠在自己胸前,俯下腰,微微拉高悠言的长裙。

无法忍受别人这样碰她,顾夜白很是生气:"住手!"

声音随即顿住，冷厉的双眸只映着亚麻长裙下，悠言缠满纱布的腿。

迟濮突然将悠言放开，这一下猝不及防，悠言身子一晃，她正惊慌，一个身影迅速奔到，将她抱进怀里。

怀安双眼大睁，伸手掩上嘴，他抱住了她。

难道那天他等的就是她？心仿佛被什么锐利的东西戳了一个窟窿，有冷水流进，却倒不出。

悠言微愣："迟大哥？"

"你看清楚我是谁。"对方明显不悦。

"顾夜白？"四目交接，悠言又惊又喜，随即委屈道："你不是不理我了吗？"

"你最好给我一个满意的交代。"顾夜白有些生气地说道。

瞥了迟濮一眼，顾夜白也不搭话，将悠言抱起便走。

看着二人渐渐走远，迟濮神色复杂，却没有阻止，末了，摇头一笑。

这时突然感觉肩上一暖，反身看去，一个女生微微笑着，长相清婉动人。

"我一路走来，大家都在议论，说咱们音乐系的迟帅做了件很火暴的事，把一个学妹从美术系扛走了，我想迟帅是不是该给我一个解释，还是说我该立刻翻脸走人？"

看着女子柔美红润的唇开合，迟濮伸手捉过她的手腕，微一用力，把她带进怀里。

"媛，是不是像这样？"迟濮一笑，将她拦腰抱起。

成媛一声惊呼，抬手便打，嗔道："大家都在看着，放我下来。"

猫女的"亲近关系"计划（上）

"那正好，看我怎样把你扛回音乐系。"迟濮压低声音在她耳边轻声说道。

"迟濮，放我下来。"成媛又羞又恼。

迟濮只是浅浅笑，眉眼耀目。

这样的迟濮是蛊惑人心的，就是成媛与这男生已相处了数年，早看惯这张帅气的脸，这一刻的心跳还是加快了。

★★★★★

鸢尾香气幽幽，紫蓝的精灵似乎要挣脱枝丫，轻舞飞扬，它们所到之处，惹来无数目光与人声。他的心跳与他的步伐一样沉稳，这是一个能给她安全和保护的人吗？悠言想，有一种就像相识了很久的感觉，否则，她怎会如此安心如此不知羞耻地蜷缩在他的怀里。

走了好一阵子。

顾夜白抱着路悠言一直往前走。"我们要去哪里？"她突然想起问题，顾不上害羞，从他怀里抬头。

"你想去哪里？"顾夜白反问。

"我不知道。"

"那以后别再说你没有附议权了。"睨了她一眼，顾夜白淡淡道。

悠言又不作声了！

"顾夜白。"

"嗯。"

"我很重吧，你放我下来，我自己慢慢走能行的。"

这话让顾夜白心里很是怜惜。

以前就知道她很瘦，直到现在将她抱在手里，才知道她

是真的很瘦。

平日里和她一起吃早饭,她似乎比一般女生能吃,也不忸怩,他总是笑她,说她吃得多。然而这一刻,他尝到了懊恼的滋味。

"你还可以再胖一点儿,再胖一点儿我也抱得动你。"凝着她柔嫩的双颊,顾夜白淡淡道。

心头剧烈一跳,悠言突然不敢再说什么,但是心里却暖暖的。

往四周看去,原来已到了北二栋他的宿舍楼下。

来到宿舍,他将她放到往日她惯坐的长椅上。

她有些不解。

却见他单膝屈下,伸手握上她的脚踝搁到自己膝盖上。

顾夜白指节上粗粝的茧摩擦着她的肌肤,悠言只觉得心一下提到了嗓子眼儿,手心汗湿一片。

无法看清他的表情。他低下头,正专注地审视着她腿上的伤。

阳光拍打着一栋栋大楼,照耀着整个校园。偶尔有人经过,会朝他们打量几眼,整个校园似乎突然变得异常宁静。

"啊,不好。"悠言意识到发生什么事了。

顾夜白微微仰起头:"是不是弄疼你了?"

"顾夜白,上课了。"

"嗯。"

"你还不赶紧回去?"

"你呢?"

"我翘课。"悠言摊摊手,"我的脚不行,走回去估计下课了,你赶紧回去吧。"

猫女的"亲近关系"计划(上)

"我也翘课。"男生淡淡道。

悠言一怔,呆了。

下颌突然被他捏住,男生语气犀利:"你的腿怎么回事?"

悠言有些不可思议地看了看顾夜白。

"骑车也能摔成这样,没事你骑什么车?"

顾夜白语气里透出一丝责怪,那双纤细的腿被纱布缠得紧紧密密,想来受伤并不轻。

悠言鼻子一酸,委屈道:"我在床上躺了好多天,今天刚能动我就来找你了,你却理也不理我,我在你背后拼命喊,你却越走越快。"

"是啊,我没事去骑什么自行车。那天我四点就起来,最后一天了,我想自己做早饭给你吃,附近的店都还没开门,我买不着材料,我骑车到不夜天去买,天很黑,我害怕,路上有个大坑,我没看到摔了下来,我不敢找阿珊,她看我受伤,会哭死的,只好找迟大哥……"

悠言委屈地边说边哭,抬手拭去泪水,却怎么擦也不管用,泪水越发汹涌了。

二十二年来,除了死去的母亲和哥哥,有谁这样待过他,除了她,再没别人了。

凌晨四点的天空还是漆黑一片,想象不出,她就这样一个人骑着车子出去。受伤了,黑漆漆的天孤寂的街道,一个人害怕吗?委屈吗?

心猛地一抽搐,顾夜白咬牙道:"为什么不找我?"

悠言抿了抿唇,正要说话,灼热的气息猛然掠过她的鼻端。

唇,被一双温热的唇狠狠吻住。

心里感觉很愧疚。心跳仿佛在这一刻止住。悠言怔怔看着眼前与她近得不能再近的男生的脸庞,厚重的镜框再也无法遮住他炯烈的眸,他深深凝着她,仿佛她是他一个人的宝。

大手温柔地抚过她的眉,她的眼。

悠言以为会在这不知所措的战栗喜悦中晕厥,顾夜白却缓缓放开了她。

风吹鸢尾,香气弥漫,阳光温暖,枝叶鲜嫩欲滴。一条长椅,二人分坐。寂静的校园,所有人都在上课。悠言突然有种悄悄干了坏事的感觉,只是,这坏事她并不讨厌,很喜欢。

"还疼吗?"他轻声问道。

热烫的掌又抚上她的腿肚儿,隔着裙子,轻轻抚揉。

"不疼了,不……还疼。"脚上,那经他而起的痒痒酥酥的感觉,悠言又患了结巴。

"言。"

他唤她的单字,悠言一震,低声叫了起来,颤抖着伸手抱住他的脖子,脑袋埋进他怀里。

顾夜白苦笑。这个平时冷酷的男生此时也变得这样温柔。

从满心震撼吻上她的唇沾染上她的泪的一刻起,他清楚地知道,一切都乱了,再也回不到从前那个可以任意挥霍年月的他。

他的异母哥哥把他的哥哥沉入江中。那时,为了替哥哥报仇,他一个人挑了顾家安放在那人身边的多个保镖,把那

猫女的"亲近关系"计划(上)

人也逼进江中。他能打,却不是神,也会受伤。十八岁的少年,自己身上那么多的伤口,他却不管不顾,冷冷地看着那人骇叫挣扎,哪怕下一刻离开的时候,倒在街末那个吓得惨叫的少年林子晏身上。

不是没有压抑过,不是没有努力过,明明是小小的她,却过于强横,那么执拗地在他的心上霸占了一个位置。乱了就乱了吧,寂寞太久,身边多个说话的人也是好事儿。将来怎样,不想去想。

"顾夜白,我心里的感觉很奇怪,怎么办?"脸在男生的风衣上蹭了蹭,悠言低低道。

"嗯?"

"我们……"

"我们怎么了?"

"我不知道,我明明喜欢的不是你,但我喜欢你吻我。"悠言使劲儿地蹭,快把自己揉进他的骨头里了。

如果不是他的耳力极好,她最后说的话,他便听不清了。她说,她明明喜欢的不是他。在把一池春水都搅乱了以后,她说,我明明喜欢的不是你。

顾夜白淡淡道:"言,那你喜欢谁?迟濮吗?"

悠言一愣,点点头:"嗯。"

喜欢迟濮却来招惹他?冷冷一笑,顾夜白道:"你知道成媛吗?"

"知道啊,迟大哥的女朋友。"

"那你要插足到他们之间吗?"顾夜白故意反问道。

悠言突然意识到他误会了,"迟大哥是哥哥。"她小心地解释道。

"哥哥？"

悠言忙纠正:"像哥哥一样的喜欢,迟大哥的爸爸和我爸爸认识。"

最后一句随口说的,但也不失真实,姨夫和爸爸是认识没错。

顾夜白若有所思地看了怀中女生一眼:"不是迟濮,那你喜欢的人是谁?"

Chapter 第三章
不敢说爱你

他的生活里,他想要的东西没有哪一样超出他的把握,但现在,她爱还是不爱,要还是放手,他毫无胜算,因为即使是他自己,也觉得这段感情来得突然,百分之五十的概率最大也最小,即使是九十九比一,也不过是为颠覆时成就最大的戏剧性。也许明天他便会被告知,一切不过是他可耻的一厢情愿,只是,除了她的真心,施舍的将就的爱他不屑也不要。

猫女的"亲近关系"计划(上)

再迟钝,这个时候的悠言也是识趣的,听出顾夜白语气里的危险,也悟到自己到底说了些什么不该说的话。

她正不知怎么回答,他察言观色比她快:"想好了吗?"

悠言越发昏聩,支吾几声,却说不出来。

"刚才是顾夜白冒犯了。"突然将怀里的女生抱到一旁的位置上,他站了起来。

悠言知道顾夜白生气了,有些慌了,抬手便去攥他的衣摆。

大手反手扯下她的小手。

她有些不知所措,执拗地又向他的衣服攥去。

顾夜白冷笑,狠狠挥开她的手。

"顾夜白,我的脚疼。"

他刚要离开,背后她的声音却小小传来,带着委屈。

顾夜白苦笑,再也多迈不出一步。

在她失踪以后,他以为用三天就可以将一个月的记忆拔除,只是,如果真的能够,那么,今天清早,她在背后唤他的时候,他就不会走得如此狼狈,快得像逃,更不会不顾一切吻了她。顾夜白,承认吧,你在嫉妒,嫉妒她心里喜欢的那个人。

他双手紧握,终于反过身将她抱起。

小手立刻环上他的脖子:"别把我一个人留在这里。"

"我送你回去。"顾夜白冷冷道。

"顾夜白……"悠言一急,想跟他说些什么,话到嘴边却又不知道自己要说什么。

她只知道她不想他走,喜欢他的吻,害怕他生气,不想

他走,一点儿也不想。可是,她明明喜欢的是魏子健啊。

审度着她脸上的疑惑,顾夜白将悠言放下,伸手捏紧她瘦削的双肩。

"言,我只说一次,也只等一天。回去好好想清楚,你到底要不要。"

悠言愣愣地看着男生冷漠又灼热的眉眼。他没有说要不要什么,但她明白他说的是什么,顾夜白是骄傲的,她突然比任何一个时候更看清了这一点。

她咬了咬唇,乖巧地点头附和。

男生的语气淡漠却强硬:"除了这里想要,把你其他的情绪全部收起,施舍的我不要,一律不要,懂了吗?"

悠言又用力地点头,心里的纠结乱成一团,似乎有些什么涌出,有什么正在一点儿一点儿清晰,却仍抓不住。脑袋忍不住靠进他的怀里。

他的生活里,他想要的东西没有哪一样超出他的把握,但现在,她爱还是不爱,要还是放手,却毫无胜算,因为即使是他自己,也觉得这段感情来得太突然,百分之五十的概率最大也最小,即使是九十九比一,也不过是为颠覆时成就最大的戏剧性。也许明天他便会被告知,一切不过是他可耻的一厢情愿,只是,除了她的真心,施舍的将就的爱他不屑也不要。

但最起码这一刻,她如此真实地在他的怀里。

闻着她清幽的发香,顾夜白问道:"那时把腿摔坏了,为什么不找我?你不是有我寝室电话吗?"

"我手机上没存,记不清楚。后来打给阿珊,怕她伤心也不敢说太多,只说我有事回了老家。"

"你没有立刻通知她。"

悠言一呆:"你怎么知道?"

"那晚,Susan到放映室找你。"

有什么在心头掠过,悠言猛然抬起头。

她唇上鲜润粉嫩的色泽,让他想起那趟日本之旅,开满公园寺院的樱花。樱花从花开到凋零,开始到最终,不过七日,也像他们此时的相聚一刻吗?

手指摩挲着她的唇瓣,他终于略有些满意地看着她的脸快速烫成绯红。

唇上不安分的触感,悠言心头一跳,突然意识到什么,低声道:"那晚你也去了放映室?"

不然,他怎么知道Susan去找过她。

"嗯。"

"你是不是等了我很久?"

"没有,不过一阵子。"他淡淡道。

"对不起。"小手环上他宽阔的肩背,满心歉疚,"我知道的,我知道的。"

"知道什么?"

"不会是一阵子,如果是你,不会只等一阵子。"

她的声音从他怀里闷闷传来,顾夜白一怔,唇上的那抹嘲弄越发深了,他对她的在意已经那么明显了吗,以致那么笨拙的她也看出来了?心里怒气一生,他冷声道:"你大可让Susan转告我一声,说你回老家了。"

"我不能让珊知道你……"她讷讷道。

话一出口,悠言想抽自己一个耳光,她这是什么话?

前一瞬的温暖顿时消失无踪,她被他狠狠推开。

"原来和我看一场电影,是这么见不得人的事,谢谢你告诉我。刚才的话我收回,你不必再来找我,我现在就送你回去,我们之间的承诺全部结束。"

怔怔看着顾夜白眉眼里的戾峻,悠言只觉心一下子被挖空了。

她想,她已经知道答案。

魏子健,不过是以为的喜欢,而眼前这个男生,她是真的喜欢上了。

只是,她先天性的心脏病……外婆和妈妈很早就死了,这种成活率不高的病,她可以去喜欢一个人吗?她有资格去给他幸福吗?有吗?

鸢尾花香依然迷人,她的心却一片芜寂。

看着前方顾夜白抱着路悠言远去的背影,怀安倚在树上的身子缓缓滑下,两手掩上酸涩的眼睛。

自顾夜白从迟濮手中将悠言抱走,她的脚就再也不听自己的使唤了,穿过人群,跟在他们后面。顾夜白是个犀利深沉的男生,她很清楚这一点,并不敢跟得太近。

当追到这里的时候,她只看见他将路悠言拥在怀里,他吻了她吗?他们到底是什么关系?

顾夜白,为什么你会喜欢路悠言?她有哪一点值得你喜欢?她懂得你藏匿的满腹才华吗?

坐在地上,关于初见他的记忆突然便涌了出来。

那是在G大图书馆。一首十四行诗的翻译,其中一句她拿捏不准,很久也敲不下来,一气之下,将练习本也撕掉。

扔落的纸团跌到对面男生的桌上,那人模样古怪,戴着厚重的眼镜,发丝凌乱。

拾起纸团,他瞥了她一眼:"这垃圾是你的?"

第一次有人说她的东西是垃圾,很特别的搭讪方式不是吗?狠狠白了他一眼,她没再理会。搭讪的男生,她见得多了。

那时却突然看到他展开那纸团细细看了。

"你懂什么?"她心中冷笑。

很快,一张纸放到她面前。

她微微疑惑,打开一看,上面只写了一行字,字迹潦草。

是那句诗的译文。

她苦恼了一晚的译文,他竟数分钟就解决了,一语中的,且意蕴不失。

这个男生并非外语系的学生,她震惊至极,文字这玩意儿,没有过强的功底绝不可能达到这样的准确和极致。

对方淡淡道:"还行吗?"

她一扫刚才的轻蔑,点了点头。

"你可以帮我一个忙吗?"他又问。

"什么?"她一怔。

"你什么时候走?"

"这有什么关系?"他想约她?

"我朋友过来,我想帮他占个位子。"

她愣了半晌,慢慢收起课本。

图书馆门口与一个男生擦身而过,她心里突然一动,转身看去,只见那男生一拍他的肩膀,笑嘻嘻地坐到她刚才的位子上。

心里突然闪过一个念头,他不是帮女朋友拿位子。

那是第一次与顾夜白见面。

如果没有第二次见面,那么她还是她。

那个傍晚,她到荧山散步,他迎风而立,在画架上全神贯注地描绘着他的画,那时他摘下了眼镜,脸上没有任何遮敛,一双眼睛,摄人心魄。

一抹云,一丛屋舍,最简单的景物在他的笔下竟能这般流光溢彩。

他的容貌,他的画。那一瞬,她说不出心里的感觉,惊艳还是其他。

画上落款是夜冷。

他专注在他的画上,除了一个颔首,没有与她多说话,她却记住了所有。以为他叫夜冷,打听之下,才知道原来不是。后来无意中在父亲的好友张教授那里,翻开一本国内著名的美术杂志,再一打听,才明白了。

这个男生就这样拱手相让?不,她不甘心!绝不!

午休,G大饭堂。

每个窗前都是长长的队列。

Susan瞪着悠言,气不打一处来。

"路悠言,你给老娘失踪一星期,弄个天残脚回来也就算了,还和美术系一个男的搞了个破绯闻,好,这个我也不说你了,你这张晚娘脸却摆足了一个星期,还不给我摆正过来!"

看着手中餐盘,悠言也不吭声。

一拳打在棉花上,皇帝不急太监犯贱,Susan恼怒,伸手便去捏悠言的脸蛋儿,看到那两团肉在手中变形变红,Susan

才解气地笑出声来，惊炸了邻近两个队列的人。

另一侧对列末端，有人看得目瞪口呆，好一会儿，子晏推了推前面的男生："顾夜白，她动了你的女朋友，你不心疼啊？Susan这女生果然是个暴力女。"

顾夜白嘴角一勾，道："子晏，你那游戏，今晚还要我帮你讲解怎样通关吗？"

林子晏两眼放光："要的要的。"

"我一心疼只怕就忘记了。"

林子晏咬牙切齿片刻，又连忙赔笑："路学妹真可怜，Susan这女生美则美矣，奈何太野蛮。"

顾夜白瞥了前方一眼，眸光掠过那道娇小的身影，道："这样说你的救命恩人似乎有失厚道吧。"

"切！"

"等等，你说什么？你怎么知道她救过我？"

林子晏一愣，攥上好友的领子。

"就你那点儿破事，这学校还有不透风的墙吗？"

"又不是我要救她。"

"林子晏，你不会游泳没事到泳池边晃什么？"

"还运气很背地掉进泳池里，你尽管笑吧，你管我去那儿做什么，反正我绝对不是去看美女。"某人开始此地无银。

顾夜白挑眉轻笑："她只救了你上来？我看还有其他猫腻儿吧。"

林子晏的脸立刻可疑地红了："你这是什么意思？"她下意识摸了摸唇，猛一抬头，却看到顾夜白笑得像个狐狸。

打完饭，悠言瞪着盘子，还真是惯性，这拿的全是那人

爱吃的食物。

不过一瞬,饭堂便人满为患。一扫悠言呆呆的模样,Susan知道这位是不能指望的了。她眼光一扫,喜道:"言,快,那边还有半张空桌子。"

悠言有想把Susan掐死的冲动,她怎么就找到这里来了!顾夜白竟坐在她对面!他的吻他的味道似乎还在唇上,可确实已过了一个星期,她没有去找他,不敢告诉他,其实她很想和他在一起。

一扯悠言,Susan斥道:"给老娘坐下。"

悠言无奈,只好带着就义的慷慨坐下。

很快又有两个人过来了。悠言一看,却是同系邻班的方影和怀安。

六个人位置微妙。对座分别是方影、林子晏、顾夜白;这一边是Susan、她和怀安。

"周大美女,这么巧哟。"Susan看了怀安一眼,笑道。

目光不动声色在顾夜白身上掠过,怀安道:"可不是,刚和方影练习完,就一道过来了。"

和方影一道过来。Susan冷笑,有必要把这句话咬得这么重吗?

Susan喜欢方影,早在一年前的一次系里聚餐,Susan酒后吐真言,已是外语系公开的秘密。二人似乎也互相有意,但不知为什么就是没在一起。悠言一听不好,忙道:"方影,你们练习什么?"

方影笑道:"BEC的口译考试,我和怀安是拍档。"

"BEC是什么?"嗅到了方苏二人之间的一些信息,林子晏心里不悦,插口道。

猫女的"亲近关系"计划(上)

方影与Susan都没有出声,悠言心想这二人正纠结着,她怕林子晏尴尬,正想答话,一旁的顾夜白已淡淡道:"剑桥商务英语的等级考试。"

"你的英语很好。"怀安轻笑。

二人又交谈了几句什么。

悠言一黯,悻悻地往那人的方向瞟了一眼,突然心里一动,忍了忍,终于还是没忍住,道:"顾夜白,我的饭菜跟你换好吗?你点的那些有些你不是很爱吃的。"

一下,全桌声息寂静,所有人都看向她,顾夜白看了眼餐盘,他与林子晏来晚了,排在后面,确实没有什么选择。

悠言羞愧,顿时明白这话有多么惊世骇俗。

"不必了,谢谢。"桌上一端,传来顾夜白冷漠的声音。

"噢。"悠言低下头。

邻桌一桌男生顿时大笑起来。

雀跃似乎也不足以形容此刻的喜悦,其实,这些天便留意到那二人之间的不妥,自那天以后,他们似乎便没有再见过面。眸光一晃,怀安笑道:"刚才大家光顾着说话,都还没开动呢,顾夜白,我跟你换吧,我的和悠言的差不多。"

皓腕一抬,往他的饭盘夹了一小筷子菜,道:"我吃过,你也不能吃了,交换吧。"

听着这熟悉的对白,悠言心里一疼,想起与那人第一次吃早饭的情景。她也跟他说过,你碰都碰了,我也不能吃了。

顾夜白淡淡道:"没事。"

悠言听到盘子移动的声音,交换了,他没有反对。而她

和他之间已经完了,还没开始已经结束。

看着身旁死党的头几乎垂到盘子里去,Susan大怒,随即想起什么,望向顾夜白,冷笑道:"原来是你,那个将我们言从迟濮手里抢走,毁她清白的人就是你。"

林子晏刚喝了口汤,忍了又忍才没喷出来。

"Susan,话可不能乱说!那天,顾夜白也不过是看到悠言行动不便,才送悠言回去。"怀安语气一冷。

顾夜白看了Susan一眼,低头吃饭,姿态优雅。

Susan怒极,转向悠言,斥道:"不准吃。"

悠言一愣,抬眸眼圈已是一片通红。

偏偏有人不识相,林子晏道:"路学妹,你沙子进眼了?红了一片怪可怜的。"

悠言瞪他一眼,目光一转,却与顾夜白的撞上。

他的眸光掠过她,疏离淡漠。

悠言心里一阵酸痛,垂下眸,却惊愕地发现自己的餐盘被挪了位置。

Susan笑得叫一个妩媚:"人家不赏脸就罢,我和你换。"

"珊,"悠言哭笑不得,"这素椒小炒你不能吃,你辣椒过敏。"

"我就喜欢过敏!"把自己的盘子往悠言面前一推,Susan狠狠瞪了顾夜白一眼。

两只手按在Susan的餐盘沿上。

林子晏瞥了方影一眼,方影一笑。

"你拿Susan的餐盘做什么?"林子晏没好气道。

"我爱吃这个。"方影淡淡道。

林子晏笑得张狂："同学，你爱吃这个，那你打其他饭菜做什么？"

悠言看了看Susan，只见她俏脸通红。

小手伸到盘子里掂了一块辣椒，放进口中，悠言道："我没洗手。"

林子晏与方影脸色微变，悠言趁势将盘子夺过。

怀安笑道："悠言，你不会是真的没洗手吧，你指甲缝里黑黑的是什么啊？"

女子生性爱洁。悠言缩了缩手，低下头。那是一种油性颜料，不易洗掉。昨晚，她躲在床里涂鸦，整晚去画一个人。

邻桌的男生又是一阵大笑。

Susan狠狠白了邻桌一眼，冷笑道："怀安，吃饭别多说话，小心噎着了也不知道怎么回事。"

怀安淡淡一笑，没有应答。

"没事没事。"悠言低声对Susan道，又悄悄看了那人一眼。

顾夜白拿起餐盘，道："各位慢用。"

"我也好了，顾夜白，一起走吧。"怀安也站了起来。

顾夜白颔首，二人离开了座位。Susan咬牙，一扯悠言，道："咱们也走！"

悠言点点头，拿起盘子，几颗水珠悄悄滚进盘里。

两个人边走边说。

Susan沉声问："言，你喜欢的到底是魏子健还是这个顾夜白？"

悠言没有说话，往饭堂外面看去，那是荧山的方向。

Susan疑惑,但看她这样一副表情,突然不敢再说什么。

良久,悠言淡淡笑道:"珊,魏子健已从北二栋九楼搬了出去,新入住的人就是他,顾夜白。"

Susan大吃一惊。

体育课。篮球场上,几个班各据一隅上课。

也许在更早以前,他们已在这个校园里擦身而过无数次,只是那时他们还不认识,望着前方那抹挺拔的身影,悠言苦笑,他也在上课!直到身旁的Susan使劲儿推了她一把,低声道:"老师叫你。"

悠言一怔,拢了拢目光,忙道:"在。"

原来的体育老师请假,代课老师看悠言一副怔愣的表情,心里不悦,道:"你多跑三圈。"

Susan一惊,跟原来的老师是打过招呼的,知道悠言情况特殊,平日只做些强度不大的体育运动,这老师初来乍到,却不知道。

Susan忙道:"老师,她身体不是很好,这跑步是不是……"

"哪来这么多话,有些女生就爱撒娇,都是让家里娇惯的。"老师脸色一沉,冷冷挥了挥手,"还不快去!"

Susan正要辩驳几句,悠言赶紧按住她,上前低声道:"老师,可以借一步说话吗?"

"要说什么就在这里说。"

"是啊,有什么不能当大家面说的?平时就没见你课前跑,这不大公平吧。"女生里,有几个人出声道。

悠言一震,却见同室的许晴和小虫也一脸疑虑地望着

猫女的"亲近关系"计划(上)

她。

她咬了咬牙,对Susan道:"慢慢跑,没关系的。"

Susan看到悠言坚决,也咬咬牙道:"言,不舒服立刻停下来知道吗?"

"你们还磨蹭什么?别的同学都开始了。"老师斥道。

有多久没有在阳光下奔跑过洒过汗,真是高估自己了。只听得呼啸的风声,还有自己愈加沉重的呼吸、心跳,悠言只觉眼前一阵狭黑晕眩……这样的自己和废物有什么两样,又怎么去爱一个人。所有的同学都已经归队了,背后异样的目光那么刺眼。

她苦笑,咬牙加快了脚步。

篮球场另一隅。

篮板下,体育老师在示范一些上篮的技巧,林子晏趁机低声道:"顾夜白,你看那边。"

顾夜白神色如常,丝毫没有理会来自前排的喧哗。

旁边却传来讥诮的笑声。

"喂,你说外语系那女生是被罚跑步吗?"

"被罚也是活该,哪有人这样跑步,我看只有头一圈她是用跑的,这几圈说爬还差不多。我要是老师,肯定再罚她几圈。"

"你这小子真缺德,你没看到她脸色惨白惨白。"

"我管她是人是鬼。"

"说完了吗?"

那两个男生也只是小声说笑,这突然响起的诘问,让两个人吃了一惊,老师也停下了手中的动作,看向末排那个戴着厚重镜框的男生,印象中,这男生很冷漠,平日并不多

话。

恍惚中,悠言听到有人在喊她,好像是Susan的声音,她听不清,耳边只有风声、急促的喘息声和失律的心跳声。

突然她眼前一黑,身子随即倒了下去。

耳边是女生凌乱的尖叫声。

她伸手胡乱往旁边一捉,想撑着地面起来,手却被握进了一只温暖的大手中,身子随即也被那人紧紧搂过。

香樟般的气息缭绕在她的鼻端,她心里一紧,忍着抚上心口的冲动,猛地睁开眼睛,入目处是曜石般的目光。

"顾夜白。"她再也管不住委屈,泪水一下涌出。

"哪里不舒服?"顾夜白的手指抚上她的发,轻轻替她擦去额上的汗,指又顺延而下,揾去她眼角的湿润。

"我没事。"路悠言将脸埋进他的颈项,她忍着胸口的恶心,只是摇头。

"还要逞强?"手臂紧紧地搂着她。

"顾夜白,你要带我去哪里?"惊觉男生抱起她,悠言大惊。

顾夜白并不答话,只是快步往操场外走去。

林子晏往四周看了数眼。无数目光落在那两个人背后,似乎连老师也忘了去喝止那两个"擅自"离去不守纪律的学生。

"我真的没事,顾夜白,你回去上课,这样对你不好。"扯了扯男生的袖子,悠言急了。

"我做什么,你没有权利管。"

"我和你,你犯不着……"

"路悠言,你没必要一再提醒我,是我自己在犯贱。"

他语气在讽刺自己,她却听出了这其中的苦涩,原来坚强如他也会痛。

"你要带她去哪里?"

停下脚步,顾夜白看向眼前突然而至的男生,对方领上纽扣悉数打开,脸额都是汗,显然是急急赶来的。

"迟大哥,你怎么来了?"悠言也吃了一惊。

来者正是迟濮。

"妹妹头,迟大哥现在就带你走。"

顾夜白冷冷一笑,道:"迟濮,成媛以外的事,还轮不到你来管。"

迟濮微微拧眉,正想说话,却看到悠言冲他摇头,叹了口气,没再出声。

她不想离开他,但她不能让他带她去校医室,悠言低声道:"顾夜白,你放下我。"

"为什么不看着我说,你在心虚些什么?"顾夜白捏住悠言的下颌。

迟濮暗暗心惊,顾夜白对言的感情也许还不自知,自己却看得清清楚楚,但他绝不允许这个男生伤害他的妹妹。他厉声道:"放开她,你弄痛她了。"

"那得看你的本事。"

顾夜白眸光锐利如电,透过镜片直指迟濮。

迟濮皱紧眉,看了悠言一眼。

迟濮与悠言相处多年感情很深,悠言怎会不知哥哥的心意:他要她跟他走。

又看了顾夜白一眼,将他眸里的狠酷一点儿一点儿收进眼里,也将他手上的炙热一点儿一点儿记进心里——是为

她，不惜与她哥哥为敌。

"顾夜白，请你放下我。"终于，她淡淡出声，一个"请"字，咬得用力。

"你再说一遍。"

他的声音，听不出任何情绪，好像这个人早没了喜怒哀乐。

"我不来找你，你不是已经知道了吗？何苦逼我？"她漠然道。

"好。"顾夜白轻笑。

跌进哥哥的怀抱，模糊了的视线里是顾夜白挺得笔直的背影。

"迟大哥，他恨死我了，他再也不会理我了。"

她哽咽着，死死抓着迟濮的衣袖。

迟濮并没有理会四周惊讶的目光，将悠言抱紧，目光一转，却看到不远处的树阴下，一个女子静静看着二人。

是成媛？他刚才急急忙忙从教室奔出来，也没有跟她说。

觉察到他的视线，女子淡淡一笑，转身离开。

他苦笑，抚了抚悠言的发，柔声道："妹妹头，我带了药来，咱们离开这里，找个地方吃药吧。"

悠言苍白着脸："迟大哥，你怎么来了？"

"Susan怕你有事，给我发了信息。"

悠言木然点了点头。

迟濮心里一疼，抱起她快步离去。

音乐系，下课铃敲过。

猫女的"亲近关系"计划(上)

"成媛,我们先走了,明天见。"

"等我一下,一起吃饭吧。"成媛一笑,将散在桌上的五线谱收起。

"我们可不敢和迟帅抢人。"旁边一个男生打趣道。

成媛一怔,低头笑笑:"他不会过来了。"

早上,甚至没有向老师告一声假,众目睽睽下,那人便一脸急色奔了出去,下午的课他也缺席了。

几个女生悄悄拉了拉那男生,低声道:"上次把人从美术系扛走,这次是篮球场,迟帅与二年级学妹的事都传遍整个G大了,你怎么还这样不上道!"

那男生耸耸肩,拎起背包逃也似的跑了。

成媛笑道:"你们不走,那我先走喽,回见。"

她咬了咬唇,抱过课本正要出去,却见班上所有人都缄默了声息,不少人回头看她。

教室门口,一个身影卓立,目光里分明写着炙热。

在所有人的探视中,她快步向他走去,把课本都掷给他,道:"帮我拿。"

一声不响地拿过她的东西,男生淡淡道:"背包也给我,重。"

迟濮,你怎能在抱完一个女生以后,还能这样温柔地对另一个女生说这些话。终究,她将背包也递过去。

她的背脊挡住了所有人的视线,不给他一丝难堪,眼中的湿润独他可见,他的成媛。迟濮心里一紧,伸手将女生揽进怀中,在所有的窥探和私语中扬长而去。

音乐系琴室。

也许该说这是单单属于迟濮的琴室,因为这是学校拨给

这位音乐系天之骄子的私人空间。

没落的阳光,将二人背坐着的沉默身影拉得很长。

"我饿了,先走了。"成媛起身要离开。

迟濮却伸出手,一把将她抱进怀里。

"迟濮,你这是什么意思?"

成媛愤怒,伸手去推开他,可惜着手处却丝毫不动。

"我也饿了。"男生浅笑,俯下身子想吻她。

成媛咬紧唇,头微微别开。

成媛苦笑,竟然连恨也恨不起这个男生了。

迟濮突然间问:"媛,你相信我吗?"

"我不知道。"成媛自嘲一笑,"你迟帅有的是本事和手段,我何德何能?"

捧起成媛的脸,迟濮凝声道:"除了你,我没有碰过谁,更不会爱上别的人。"

紧紧盯着眼前这个人,好一会儿,成媛低声道:"你既然亲口跟我说,我就信你。"

迟濮轻轻一笑,脸上掠过一丝得意。

"你笑什么?"成媛气不打一处来,一拳打过去。这次虽留了力,却也非绣花拳了。

迟濮皱了皱眉,却仍淡淡笑着:"媛,谢谢。"

手抚上男生的眉,成媛将自己埋进他怀里,"迟濮。"

"嗯。"

"如果有一天你要离开,请告诉我,不要让我猜哑谜,明明确确告诉我,我不会纠缠……"

语气淡淡,却透了丝凄楚,迟濮心里一疼,用手抚着成媛的脸,告诉她:"不会的,我的心里只有你。"

猫女的"亲近关系"计划(上)

成媛眼里掠过丝丝暖意,她想着也许眼前的这个人是她应该珍惜的人。

★★★★★

外语系女生宿舍。

微微惊恐的声音在黑暗寂静的寝室突然响起,许晴被惊醒,正要下床察看,对面铺上却有人比她更快。

Susan连滚带爬地从梯子上下来,一把扯开悠言的床帘,立刻打开她床头的小灯。

只见少女散了一头长发,蜷在床角,尖尖的下巴显得越发瘦削,额上都是汗珠。

Susan关切地将她搂进怀里:"做噩梦了?"

"珊,我梦到他了,我真的疯了,满脑子都是他。"下巴搁到好友的肩上,悠言苦笑道。

"你们还要不要睡觉啊?"许晴笑骂。

"晴,对不起。"悠言忙道,又急忙把灯关了。

许晴笑道:"没事,你们聊。"

"你要来吗?"Susan一笑,问道,却很快僵住笑意,耳畔是悠言沙哑的声音:"珊,我以前喜欢魏子健,是因为一直没有遇见顾夜白,我想,我这一辈子是再也不会喜欢别人了。"

"你就这么笃定?一辈子很长,你们相识不过才一个月。"

"我的一辈子很短。"

Susan一惊,斥道:"你再乱说我可不管你了!"

悠言拍拍Susan的肩笑了笑

Susan心疼,想了想,低声道:"告诉他你喜欢他,他也喜欢你不是吗?不然怎么会不顾一切把你抱走?"

"我不能,我要不起。"

"言,如果你的一辈子注定短暂,那么你不想试试这种滋味吗?被一个人疼爱的滋味,你不想尝尝吗?"

空气中,是窒息一般的沉默,在Susan以为再也没有下文的时候,悠言却急促道:"我想,我很想。"

声音哽咽,却充满渴望。

"你明天就去找他。"Susan大喜,紧紧按住她的肩说道。

悠言咬紧唇瓣:"我把他伤透了,他不会再要我了。"

"不会的,言,你敢不敢与我赌一局?明天,你只管到他班上找他,将你的心意告诉他,看这个男生到底还理不理你。"

*****

美术系教学楼。

上午的课结束后,某人的教室门口,悠言忐忑又焦急看着不断拥出的人。

被无数目光回视,她脸上滚烫。

那人出来了!

她赶紧走到他面前。

他却看也不看她一眼,径直往前走,倒是他身旁的林子晏狐疑地看了她一下。

"顾夜白。"

她惶恐,急急追到他前面。

停下脚步,顾夜白神色冷漠:"什么事?"

悠言颤声道:"咱们一起去吃饭好吗?"

"不好。"

这真是顾夜白的风格,拒绝得直截了当。

悠言很委屈,眼珠一转,不好意思地说道:"我有事情和你说。"

顾夜白轻笑道:"我们好像并不熟悉。"

"我以为是谁?上一次就看着眼熟,原来是这个小花痴。"一个声音传来,打破了这尴尬的场面。

"她不是刚和迟濮传过绯闻吗?"

廊道一下子热闹起来,看到魏子健似乎有话说,不少人围凑上来。

林子晏一凛,看看悠言,再看看顾夜白,前者白了小脸,后者还是一副冰山扑克脸。

"这女生曾给我送过情书。"魏子健趋步上前,幸灾乐祸地笑道,"被我拒绝了,不知后来又怎么招惹上音乐系的迟濮,人家不要,现在又来退而求其次吧。"

这一下连讽带刺,矛头直指顾夜白,系里谁不知道因为夏教授收徒的事,这两个人起了嫌隙,但一来魏子健名声在前,二来顾夜白平日成绩不过平平,这下楚河汉界,人却都站到了魏子健一边。

悠言苦笑,他果然认出她来了,但情书并不是……

四周嘲笑的声音越发厉害,林子晏想护着悠言说几句,但见顾夜白沉默不语,一时只好忍了下来。

悠言往后退了一步,握紧双手。

"顾夜白,人家也向你告白来了,按我说就收下吧,省

第三章 不敢说爱你

得她四处……"

魏子健越说越不堪,悠言猛地抬起头。

顾夜白的目光不动声色地掠过悠言那涨得通红的小脸,还有那蓄了一眶的泪水。

抬手擦掉眼泪,悠言快步奔到魏子健面前,低吼道:"我是花痴也不喜欢你,你为什么要说他?你为什么要说他?"

她气他说顾夜白,想也不想,伸手便去推这卑劣的魏子健。魏子健一时不察,脚下一踉,他当即大怒,反手擒上悠言的手,狠狠扭扣住。

这一变故,众人始料未及,不少女生尖叫着往后退了数步。

悠言手被抓痛了,也不出声求饶,只是仰起小脸,冷冷地看着他。

"大家看清楚,不是我要动手,先撩人者贱!"悠言不屑的表情让魏子健更恼火,狠狠甩开了她。

眼看悠言往后跌去,林子晏暗叫了声不好,正要上前,却见身旁的顾夜白已奔出,一把将悠言搂住,往后轻轻一送。

"怎么个贱法?这样吗?"

他一步上前,寸秒间,手已搭上对方腕肘。

笑意还在唇上,魏子健已被狠狠掼出数尺。

声息邃寂。震惊的目光全部射向那个向来缄默少言的顾夜白。

魏子健心下骇然,脸上却强自咬牙冷笑道:"顾夜白,你竟敢动手打人!"

猫女的"亲近关系"计划（上）

"打了就打了，怎样？"顾夜白唇角一挑，双眼环过众生。

魏子健朝几名男生一使眼色，几个人立刻包抄上来，将顾夜白围堵在中间。

"同学一场，顾夜白，你一下施了重手，是不是说不过去？"一个男生低声斥道。

眸光轻眯，顾夜白的脚步丝毫不停，男生们互看一眼，想起他刚才的身手，心里竟莫名生出几分恐惧，不觉退了好几步。

魏子健脸上挂不住，怒笑道："顾夜白，你别得意。这事，我一定向辅导员讨个说法。"

"请你一定要记住才好，我等着。"

掠了眼那退缩在一边的路悠言，锐利的目光在她通红的手腕巡视了片刻，淡淡道："子晏，走吧。"

林子晏看了悠言一眼，心里不忍，顾夜白却已走远。

全场静默，神情各异，竟无一人敢出来阻挠。

悠言心里苦涩，一声不吭跟在那人背后。

刚出了教学楼，外面却变了天，下起了大雨。

怔怔间，林子晏不知去向，顾夜白已下了楼梯。

有人浅笑着撑伞走过来，二人打了声招呼，一起走进雨中。

是周怀安？

悠言往包里掏了掏，才发现没有带伞。

她咬咬牙，迈了出去。

一阵湿意打在脸上，她往脸上抹去，竟已分不出是雨水还是泪水。

第三章

……

风雨中,顾夜白突然停下脚步。

"怎么了?"觉察出身旁男子有异,怀安微微蹙眉。

顾夜白很快回答:"没事。你怎么到这边来了?"

"担心你没有雨伞。"怀安低笑。

顾夜白没出声。

怀安心里一紧,怕他反感,收起试探,道:"我过来张教授这边有事。"

"这样说来,我运气不差。"

怀安冷笑,这个男生也许早就知道她的心意,却用这样残忍的沉默来硬逼她收回,正想说点什么,他却突然停住脚步。

"顾夜白……"她的话还没来得及完整,他已迅速转过身。

心头一跳,她跟着反身,顿时吃了一惊。只见不远处一个女生失魂落魄地走着,全身被雨水淋得湿透。

怀安不由自主地望了那人一眼,顾夜白正深沉地看着那女生。

无法猜度他的想法,却再也清楚不过,他在看她,非常专注。

湿润的发丝,绺绺粘贴在脸上,她的面目有些模糊,可她还是一下子认出了她。

又是她!路悠言!怀安咬牙,捏紧了手心。

似乎也觉察到了他们的注视,悠言眼睛大睁,身子一顿就往回跑。

"咱们走吧。"

猫女的"亲近关系"计划（上）

话才出口，身旁的男子却把雨伞往她手上一塞，低声道了句"谢谢"，已奔进雨中。

雨下得急了。天地间，模糊一片。怀安的视线也渐渐模糊，伞微倾，雨水打到身上，竟也知觉全无，想跟过去，却终于拔不出脚步。

……

雨水把眼睛打涩，悠言擦了擦，看着前方熟悉的景物，这慌不择路的，怎么又跑到他寝室楼下来了。他看见她了吗？她为什么要跑，多么可笑。路悠言，你多么可笑。

头有点儿昏沉，她抬手抚了抚，蹲下身子。

一只手按在她肩上。

悠言吃了一惊，抬头，只见男生一脸怒色冷冷地看着她。

"顾夜白。"

"告诉我，你到底想要什么？如果说你要想将我逼到这里来，那么你成功了。说呀，告诉我到底想怎样！"大手紧紧捏着她的肩胛。

他的眼镜不知何时摘下，雨水淋漓下，是他俊美不可方物的容颜，一双眸，炙热愤怒。

"对不起，我不知道他会把这件事情说出来。只是，那封情书不是我写……"悠言垂下眸，嘴唇嚅动，声音有些艰涩。

"我说过，你不必一再提醒我，是我在犯贱，我也不需要知道，你曾经有多喜欢那个男生！"粗暴地打断她的话，长指擒起她的下巴，顾夜白咬牙冷笑，一字一顿。

"我不会再喜欢他了。"悠言闭了闭眼睛，低声道。

"你喜欢不喜欢他又与我有什么关系！从那个电话开始，你到底在算计些什么？怎么不说？"

漆黑的眸抹上残戾，手收紧了力道。

"我没有，我真的没有。"悠言哽咽，早嘶哑了声音，雨水打在脸上很疼，眼睛也开始睁不开。

她的脸在他掌中颤抖，雨水冲刷着二人交接的肌肤。到了现在，他该死的竟然还想把她拥进怀里，就像刚才追过来那样毫不犹豫！

再也没有一刻比现在清楚，这算是哪门子单薄的喜欢，顾夜白，你爱上了这个去写情书给别的男生的女生！哪怕这个女生粉碎了你所有的骄傲和自尊。真的只是一个过肩摔就完事了吗？骗得了谁？你嫉妒得只想把那个男生杀死。

大掌握上她柔嫩的颈项，收紧了力道，冷冷看着她痛苦紧皱的眉额。明明窒息难过，那双眸却仍紧紧凝着他，乔装着她该死的无辜与清澈。

手上的力道，却终于无法再下一成。毫无办法，他自嘲地一笑，将她狠狠推开，转身离开，如此狼狈。

一个冲力遽至，馥软的身子自背后紧紧抱住他。

"放手！"

喉间迸出沙哑的声音，愤怒与残冷染红了一双眸。

环在他腰间的手很紧，背后被濡湿的，是她的泪水还是雨水？要逼她放手，他有一千种方法，偏偏一切不过口是心非。恨她的不顾廉耻，他不也厚颜无耻地贪恋着这一刻温存？

她的手指在他的腹上颤抖地划着，三个字，一遍又一遍。

猫女的"亲近关系"计划（上）

如果说这还不算欣喜若狂，那就是他扯着连自己也觉得可笑的谎。满心的恨竟突然生出柔软。她的手指也落到了他的心上，他还怎么恨？

大掌慢慢裹上她的手。

以为他要把她推开，她瘦削的双臂收得越发紧桔……他脑里全是她平日里倔强的模样。他知道，这次注定在劫难逃。

眉一敛，执着她的手，他反过身。

悠言吃了一惊，带着淋得满头的湿润不知所措地看着顾夜白。

她的下巴被迅速抬起，他的唇覆上她的耳，声音低沉："路悠言，记得你今天写过什么。"

悠言看着眼前这个俊俏的男子，唇边慢慢绽出抹笑，挣脱了他的手，踮脚便去搂他的脖子。

顾夜白微微绷了绷脸，却没有阻止。

挽上他颈脖的手臂，却瞬间松开了。

顾夜白一惊，却见她脸色苍白，眼睛缓缓合上。

他低咒了一声，这女生果然是祸害！雨势大，他不敢再耽搁，将她软绵绵的身子抱起，迅速往宿舍跑去。

迷迷糊糊中，耳畔传来轻轻的脚步声。

悠言皱了皱眉，慢慢睁开眼睛，入目的是顾夜白高大的背影。他背对着她正站在前方的桌前，腰微弯，不知道在做着什么。

她低头看了看，脸突然红了，洁净的床被，这里是他的卧室？她居然躺在他的床上？

她一阵羞愧，却忍不住满心欢喜，定定望着那抹秀颀的

背影,心里起了小小的坏念头。

掀起被子,轻轻下了床,蹑手蹑脚走到他背后,张臂便要抱他。

顾夜白却突然转过身来,挑眉看向她。

悠言吓了一跳,踉跄着往后退。

顾夜白皱了皱眉,这个女生似乎就不能有一时半会儿的安静,微叹一声,他伸臂把她揽进怀中。

男子清新的气息盈面,悠言脸上燥热,偎进他的怀里。

她的幽香淡淡传来,顾夜白心里一动,收紧了手臂。

悠言欢喜,脸在他的怀里感觉很温暖。

"别乱动。"顾夜白低斥。

悠言一怔,抬眼去看,顾夜白微微侧过头,放开了她。

悠言不解,咬唇道:"顾夜白。"

"回去躺好。"

悠言不悦,走了一步,猛然惊觉自己此刻的窘态,她身上仅穿着他一件宽大的衬衣,下身只穿了一条底裤。

她满脸红晕,急急跳上床将自己裹紧……她刚才在做什么,居然还躺在他怀里。

男生走了过来。

悠言窘迫,被子一蒙,脑袋也裹进被里。

"你全身都湿透了,如果不换衣服会生病的。"

隔了被子,他的声音听去有点儿低哑,却是致命的好听。

悠言羞赧,想起他亲手帮她换下衣服,脸上燥热,只是不说话。

"出来。"顾夜白的手按上被褥。

猫女的"亲近关系"计划(上)

身子滚了滚,悠言把自己裹得更紧了一些。

被子颤抖得厉害,估计某人在里面正乱拱,顾夜白既好气又好笑,道:"路悠言,你自己挑一个。"

悠言的声音含糊不清:"什么?"

"要么你自己滚出来,要么我将你连被子扔下床。"

顾夜白的手隔着被褥环上她的腰,悠言尖叫,"呼"的一声钻了出来。

顾夜白得意地一笑,一个栗暴敲到某人乱糟糟的发上。

悠言委屈地抚抚脑袋。

"把这个喝了。"一碗东西递了过来。

"这是什么?"她微微好奇。

"姜汤,祛寒。"

悠言心里一甜,喜滋滋接过,眼珠转了转,又道:"顾夜白,你喂我。"

"不好。"

男子英俊的脸微微红了。

又是直截了当的顾式拒绝,悠言恶由心生,低呼道:"好热,烫死我了。"

顾夜白劈手夺过她的碗。

她笑:"还是你喂我。"

很好,笨拙如她,却一次一次让他着道,顾夜白淡淡道:"言,我比较习惯用这种方式喂,你说呢?"

他说着把碗凑到嘴边。

悠言脸红耳赤,好一会儿,将碗抢过:"不劳你驾。"

三两口把汤喝完,她突然想起什么:"我要去上课了。"

顾夜白点点头:"嗯,好的,现在晚上八点。"

"我睡了一下午?"悠言有些怀疑地问道,"你上课回来了?"

顾夜白不予理睬,拿过空碗走了出去……他没有过去上课。

悠言暗骂自己,她该死地耽误了他的课。

"起来吃饭吧。"他的声音在厅里传来。

悠言应了,刚爬起来,想了想,又赶紧缩回被窝,唤道:"顾夜白。"

他走了进来。

"我的衣服……"

"洗了,我去拿。"

洗了?悠言浑身一颤:"你洗了?"

顾夜白瞥了她一眼:"洗衣机。"

悠言一颗心才掉回腔里。她的内衣如果给他洗了,她也不活了。

"我去拿。"

她刚说了一句,他却径直出去,很快又折了回来。

悠言羞愧,装作没看见那放在最上面的私人物品,赶快接过。

"宿舍的洗衣机有些时候了,干衣功能不是很好,如果不能穿,就穿这个。"顾夜白从柜子里拿出一套衣服,放到床上。

他居然这么细心!悠言的脸热得不能再热,低头听着那人走出,还有轻轻关门的声音,这才从被子里钻出。

褪下他的衬衣,柜子的落地镜前,映出一副白皙纤瘦的躯体。她赶紧换上了自己的衣服,心想:这一次真的是糗大了,和一个男生如此亲近,想着想着她的脸不觉越来越红。

悠言穿好衣服出了门,在他旁边坐下。

他把一个饭盒放到她面前。

"等一等。"她说着又掀开他的盒子,将两个盒子的肉菜分拣了一下,递给他,"好了。"

目光淡扫过悠言的颈项,顾夜白心里猛地一紧。

"明天咱们要一起吃饭吗?"她吞了口中的饭菜,悄悄瞟了他一眼,小声问道。

明天开始,将有一个人和他一起吃饭,他微微走神儿。

"不好吗?"她的声音更低。

"好。"顾夜白脱口而出。

他随即苦笑,面对她,思量似乎总是多余的事情。

她喜滋滋道:"那我明天过去等你。"

"我过去吧。"

"哦,好的。"悠言傻傻一笑。

"不是因为魏子健,我不在乎这些。"

她的下颌被他捧起,他微挑的眉似乎在训斥她的胡思乱想,悠言脸一红,伸手握上他的手。

吃过饭,两个人依偎在一起聊天,若不是Susan的短信提醒了顾夜白,他竟完全没想到要将悠言送走。

门口,悠言探过脑袋,笑嘻嘻道:"顾夜白,明天见。"

"我送你回去。"顾夜白侧身走出。

"别,外面还下着大雨呢,两个淋湿不如一个人,我自己回去就行。"

03 Chapter
第三章
不敢说爱你
Bugan Shuo Aini

悠言摇摇头，外面黑蒙蒙的天有些看不分明，但雨声很大。

他该说她独立还是该为她对他的爱惜而欢喜？顾夜白唇角微弯，关上门。

二人并排走下楼去。

"楼道灯坏了，当心点儿。"

他的出声提醒，让悠言心里一甜，悄悄伸手去拉他的手。

有力的臂膀，随即环上她的腰。

九层楼梯，因为身旁男子的气息，这路似乎也变得短了。黑暗中隐约可见，门外雨下得很大。

二人靠得很近，吹息可闻。

"别送了，我自己走，明天，我等你。"悠言轻轻从他的怀抱挣出。

黑暗增长了贼心，她咬咬唇，终于忍不住踮起脚，往那人脸上亲了一下。

偷袭成功，她忍不住得意一笑，旋即被狠狠扯入怀中。

脸贴在他结实的胸膛上，她涨红了脸。外面虽然下着大雨，但此刻这两个人的心却贴得如此之近。

Chapter 第四章
暖暖的疼爱

灯光流泻,顾夜白倚在沙发上,凝眸看向阳台上拿着手机低低说话的背影。

楼道里对她挽留的话,现在想起来还是觉得不可思议。他们这样的年龄,感觉对了就拼命想往一起走,哪管外界的什么压力。

猫女的"亲近关系"计划(上)

他呼吸微重,吹息打在她的脸上,悠言浑身颤抖,小手慢慢环上他的腰背。

外面的雨下得越来越大,顾夜白想到即使两个人撑伞回去,悠言也会被淋湿的,她身子现在这么弱,要是再让雨给淋湿了,估计又得生病了。他不想看到悠言有什么不顺的事发生。于是,轻声问悠言:"言,外面的雨下这么大,怎么办才好?先去我那避避雨吧。"

悠言想了想,走,她舍不得眼前这个人。她心里也很纠结,不知怎么的,她还是点头答应了。

他抚了抚她的发。温柔的动作,淡淡的宠溺,一下燃开她心中的欢喜,她小声道:"你背我。"

空气沉默,他放开了她。

她挑破他所能给的纵容底线了吗?她失望地低下了头。

"上来。"

他的声音又突然传来,很轻,却真实,甜沁的感觉一下缠上心头。

她掩住嘴,才压下那幸福的笑,手搭上他微微俯下的肩膀。

若有若无,他低笑的声音似乎也在楼道间晕开,她正想侧耳细听,他的手往她臀上一托,将她背起。

脑袋枕上他宽阔结实的肩背,感受着他拾级而上的沉稳,她终于忍不住笑出声来,带着小小的甜蜜的得意,却又不敢过于放肆。

"小心别把嘴笑歪了。"顾夜白故意逗她。

悠言偏要逗他,她张嘴便往他的颈子咬下。轻轻的,也带了点儿惩罚的力道。

低哑的声音从他的喉间逸出:"路悠言,你还真反了。"

你要再乱来,我就把你放这儿了。

九层的楼梯,这次他们仿佛走了很久。

回到顾夜白的寝室,悠言调皮地从他背上跳了下来,她突然想起了什么。

"我得告诉阿珊一声,她会担心我的。"

灯光流泻,顾夜白倚在沙发上,凝眸看向阳台上拿着手机低声说话的背影。

悠言讲完电话,走了进来,悄悄看了他一眼,却发现他也在看她。她不好意思地低下了头。

"言。"

他在叫她,悠言抬头,急道:"我要去洗澡。"

顾夜白一愣,摸摸下巴,轻轻失笑,他的样子看起来就这么急,她至于这样落荒而逃吗?

浴室。

悠言看着镜子,清澄的镜面那个清清秀秀的女孩也回瞪着她。

摸摸洗盥台上他的杯子和牙刷,心又微微悸动起来。

扭开淋浴的喷头调了暖水,胡乱冲洗了一下,将湿润的发盘到头上,她正要擦身,突然意识到一个问题。

不好意思地开了门,脑袋探出去:"顾夜白。"

脚步声微微急促,很快,他出现在外面的廊道上。

该死,他没戴眼镜!悠言一怔,这男生的容貌,真的好帅!

"你戴上眼镜啊,你知不知道你这样我很困扰。"她脱口而出。

顾夜白一愣,随即大笑起来。这种没头没脑的话,估计就只有这女生能说出口了。

蒸腾的水汽笼着她微露的肩,看去一片雪白晶莹,她的脸红润水泽,他竟有些失神,忙敛了心神,问道:"什么事?"

"那个,我没有毛巾。"

她瞟了他一眼,又迅速低下头,模样像做错事的小孩。

"用我的吧。"话出了口,他的心神又是微微一荡。

悠言的脸顿时红了:"谢谢。"

合上门,从架子上扯下他的毛巾,悠言心跳越发急促,想起那人的眉眼,她想她是完完全全被这个人征服了。

厅上。

颜色的比例不对……竟然无法集中精神,这是明天要交的稿。杂志社那边,他从来没有拖过稿子。留下她,果然是个错误。顾夜白苦笑,捏了捏鼻梁,重新调了色。

悠言走出来的时候,便看到顾夜白坐在画架前,背影专注。

画架上的画,很美。嗯,他的画,总是很美。

脑袋轻轻搁到他的肩上去看他的画。

肩上微凉,那幽幽的清香,顾夜白微叹一声,转过身,却瞬间怔住。

小小的她裹在他的衣服里,那是他的家居服,那件T恤,对她来说,明显宽大很多,她的肩就微微露了出来,湿漉漉的长发散了一肩,还滴着水。

好不容易聚集的神思再次被她打乱，顾夜白苦笑，她难道不知道，这样的她有教他想抱进怀里的冲动吗？

顾夜白盯着眼前这个惹人怜惜的女生，悠言脸上一热，又赶紧解释："我的衣服没放好，在浴室被打湿了，我看到你的衣服放在里面……"

"嗯，"顾夜白摸了摸她的发，又将外套脱下递给她，"穿上。"

悠言点点头，心想他应该是怕她着凉了，心里甜滋滋的，于是便依他所说将外套穿好，又凑到顾夜白旁边去看画。

"对于画，你似乎懂得不少，上次你手里沾的颜料，市面并不多见。"

他的语气轻描淡写，她却几乎被他吓出心脏病来，他在说上次饭堂里的事情，那时，怀安还借机嘲笑她手上脏污，顾夜白的眼睛真毒，原来早在那时他就已看得明白了。

死于心脏病的母亲迟筝，生前是名盛一时的画家，她自小便跟着母亲学画，只是绝不能让他知道她会画，万一牵扯出母亲的事情，这个犀利的男子会猜出她的病来。她还不想让顾夜白知道她有这种病的事情。

"我只会看不会画，我爸有个朋友是名家，之前到那伯伯家玩儿，我也不知道那是什么颜料，看去不像是一般的水粉水彩，我看着好玩儿，就问他要了。"

她抬起头，对他调皮一笑，小指在调盘里蘸了颜色，便往他脸上抹去。

顾夜白一急，反手握住她的手，微一用力，将她抱进怀里，握住她的手往她脸上抹去，那颜料便沾到她的鼻头上。

猫女的"亲近关系"计划（上）

悠言反击，往他身上蹭去。

"言，这转移视线的方法有待改进，知道没有？"避开她的脸，他在她耳边道。

这时，顾夜白的眸无意间，落到画架里还没完成的画上：小桥流水，深处有人家。国画写意。

这一期的稿子只能延交吧，因为这时已无法抽身，眼前的这个可人儿让他连绘画的念头都没有了。他觉得这一刻只属于他们两个人的。他不想被其他什么东西打扰。

谁知这时却突然有敲门的声音传来，一下，两下，然后声音越发密集。敲门的，似乎很嚣张。

她惶恐地睁开眼睛，一下从他怀抱跳下来，退到房间里，瑟瑟整理着衣服。

顾夜白想：这么晚了会是谁呢？也真够扫兴的。本来是属于他们两个人的时刻，这下又被人打扰了。

顾夜白不情愿地打开门，一个男生跳了进来，"Surprise（惊喜）？"

随行的还有一个长相斯文英俊的男生，顾夜白笑道："唐璜，你也过来了？"

唐璜笑道："子晏说，你搬了新宿舍，我可是特意带了礼物来贺乔迁之喜。"

林子晏嘿嘿笑道："咱们这位未来的大国手，带了几瓶好东西过来，雷电交加，咱哥们也喝个不醉不归。"

"我本就不打算走。"唐璜大笑。

顾夜白轻笑："好。"

顾夜白往卧室里看去，房门什么时候关上了？他的小东西呢？

微一思虑,对林子晏道:"你挑的好时间,一会儿如果你笑一声,我明天就到你寝室去将你电脑里的资料全黑了。"

林子晏有些摸不着头脑,不明白他在说什么:"顾夜白,电脑里的东西我可是加了密,特级保护,明白没有?"

"嗯,那咱们等着瞧。"顾夜白道。

林子晏突然有种毛骨悚然的感觉,倒是唐璜瞧出几分端倪,道:"白,怎么回事?"

顾夜白走到房门前,抬手敲了敲门:"言,出来。"

房里有人?里面绝不会藏了个男生!

林子晏和唐璜迅速交换了眼色,前者一扯唐璜,小声道:"阿骚,我们来得是不是叫做那个'不是时候'?"

"似乎是。"唐璜微笑。

没有动静,顾夜白又敲门:"言,你自己在里面,不害怕老鼠吗?"

林子晏正诧异,唐璜已接口,扬声道:"天,顾夜白,你这儿是老鼠窝吗,这么大的一只蹿了进去。"

门倏地开了,娇小的身影仓皇奔出,"老鼠在哪里?"

林唐二人互瞥一眼,对方眼里的惊讶一览无余,女孩身上的衣服是顾夜白的,其他的大抵不必多说了。

顾夜白抚了抚悠言的发,笑道:"嗯,老鼠出来了。"

悠言一愣,随即反应过来:"你吓唬人。"

又反问道:"刚才谁说老鼠进房间了?"

唐璜出列,微微一笑:"老鼠是老鼠,可我并没说那老鼠进了房间啊。"

悠言羞愤,躲到顾夜白背后,两只眼睛偷偷打量着不速之客。

唐璜微凛,顾夜白看悠言的眼神,似乎带了点儿专属的意味,与顾夜白也不过没见了几个月,什么时候这个男生也开始这么在意一个人了?一个月足够发生了什么事情,或是改变了一个人的什么了吗?

林子晏一看是路悠言便叫了起来:"路学妹,是你?"

这位学长是故意的!悠言愈加羞愤,往顾夜白背后又挪了挪。

林子晏嘿嘿笑了几声,道:"顾夜白,你脸上的唇膏也不擦一擦。"

"我没搽唇膏。"悠言赶紧扯了扯他的衣服。

唐璜一愣,随即笑弯了腰,"白,你捡到了件宝。"

林子晏早笑得前仰后合了。

顾夜白微叹,把背后的小东西拉出来,某人一张脸红得几乎要滴出血来。

顾夜白往林子晏身上淡淡一扫:"子晏,明天你只管等着就好。"

林子晏摊摊手,一双眼睛又往悠言身上瞧去。

悠言紧张得咬唇攥紧顾夜白的衣衫。

顾夜白薄唇一抿,两眼警告地看向林子晏。

唐璜拉了拉林子晏,低斥道:"你还玩,你以为顾老三与你说笑吗?"

不必唐璜提醒,林子晏已嗅到了危险的味道,他虽忍不住逗悠言,但知道顾夜白这人说到做到哪敢再玩,只见顾夜白反身低声与悠言说着什么,竟似是哄慰的语气,他大为瞠目,看向唐璜。唐璜也微微一笑。

"顾夜白,我还是回去吧。"

"太晚了,女生宿舍也要关门,不走了。"

"可是……"

"言,子晏不会说出去,我也不会。"

悠言看着他沉静的眸,点了点头。

他们坐下后,唐璜笑道:"白,不介绍一下吗?"

"我来。"林子晏插嘴,"学妹,这是唐璜,G城医学院高才生。"

悠言"哗"的一声:"唐大哥真厉害。"

"还有我。"林子晏心里酸溜溜的。

"你可以省省。"

林子晏腹诽,顾夜白,你不厚道。但他惦着自己的电脑,倒不敢再乱说话了。

唐璜扬声而笑,随手拿开酒器开了瓶塞,又拿出自带的杯子,替每个人斟满了。

悠言笑道:"我知道,你就是那个不会游泳还偏偏到游泳池晃荡的小林子学长。"

路悠言想了想,又加了句:"嗯,你暗恋我们阿珊吧?"

什么叫做你就是不会游泳还偏偏到游泳池晃荡?慢着,暗恋?林子晏呆掉,被来不及吞下的酒水呛了个半死。

唐璜唇角微搐,一个没忍住,半杯酒顺手洒到旁边的倒霉鬼身上。

林子晏被淋了一身,怒了,扬手直指悠言。

悠言靠在某人身上,咯咯笑得正欢,知道这学长怕她的顾夜白,开始欺善怕恶起来。

猫女的"亲近关系"计划（上）

顾夜白挑眉看向林子晏。林子晏不敢再去惹悠言，只好咬牙悻悻坐下。

看了眼三个男生面前的杯子，悠言咕哝："我没杯子。"

顾夜白问："言会喝酒吗？"

"红酒可以喝，在家常陪爸爸喝。"

顾夜白将自己的杯子递给她。

浅浅抿了一口，悠言皱皱鼻子，又将杯子推回给顾夜白。

顾夜白拿起杯子，啖了口："怎么了？"

对面二人对望，觉得不可思议，据说顾夜白有洁癖。可他却把自己的杯子递给悠言。

小腿被人踹了一脚，林子晏怒视唐璜：你踹我我也不知道啊。

唐璜一笑，又踹了某人一脚：你可以滚了你。林子晏心里不爽，坏主意便上来了："顾夜白，你不介绍介绍你那位吗？"

热闹的气氛稍微平息了一些，空气中是薄薄的沉默。

目光落到悠言身上，顾夜白微微一怔，该怎么去定义她呢？

"小林子学长，从明天起，我和顾夜白要一起吃饭。"将刚才小小的放肆小心翼翼收敛起来，悠言想了想轻声道。那人的沉默微微刺痛了她，在他心中，她就那么难以启齿吗？

林子晏暗骂自己问了个愚蠢的问题，桌下又被唐璜踹了一脚。

"我下去买点儿东西,顾夜白,你借点儿钱给我,我没带。"悠言笑了笑,向身边的男生说道。

她脸上的苍白刺痛了他。

桌下,大手握上她的手,她却微微偏过头,避开他的目光。

她生气了吗?他心里一紧。

林子晏和唐璜收敛了一下,"要买什么?"他扳过她的小脸。

"买雪碧兑酒喝。"悠言撇撇嘴。

几个男生互看一眼,一时失笑。

顾夜白看向林子晏:"子晏,你去。"

林子晏自知理亏,忙道:"我去。"

想了想,又贼笑:"阿骚,一起吧。"

唐璜正想拒绝,转念一想,便答道:"好。"

"等等。"悠言一笑,道,"小林子学长,顺道买盒飞行棋,咱们四个人正好下棋玩儿。"

林子晏抽了抽嘴角:"学妹,咱们不是来玩儿这低级趣味游戏的,我们是来说日本妞的事……"

他话未说完,脚上又是一痛,唐璜咬牙道:"林子晏,走!"

悠言微微奇怪,问顾夜白:"小林子学长说什么?"

她的手却突然被顾夜白握得有点儿生疼。

唐璜微叹,顾夜白淡淡道:"唐璜,飞行棋,谢了。"

N分钟以后。

棋买回来了。说绝对不玩的人,结果厮杀得最起劲儿。

林子晏拍桌而起,喝道:"姓顾的,你干吗老截我?你存心的!"

悠言哈哈大笑,捡起自己的棋子,最后一架飞机登陆成功。

唐璜拍拍那玩疯了的人:"子晏,淡定。"

林子晏咬牙切齿:"淡定个屁,顾夜白有毛病,自杀式袭击就是为了让他那口子赢,这样玩儿有什么意思?"

悠言甜甜一笑,看了身旁的男生一眼。

桌下,她的手轻轻搁到他的膝上,他紧紧握住了。

"学妹,再来!"林子晏吼道。

悠言傻眼,"这玩了很久啦,不玩了吧?"

……

"小林子学长,笨蛋。"终于,棋子从小手里滑落,脑袋轻轻靠到顾夜白的怀中。此时的悠言已睡意浓浓了。

"言。"顾夜白看了看怀中的悠言,将她的手从桌下拿起,一并搁进自己怀里。

林子晏还定睛在棋子上,一脸不忿。唐璜淡淡道:"白,你变了。"

顾夜白沉默了一会儿,才道:"唐璜,说吧。"

唐璜道:"我收到宫泽静的电邮,她很快就过来,你打算怎么做?"

林子晏却道:"她那时没有跟顾夜白走,现在又来凑什么热闹?"

唐璜笑了笑,道:"她也有她的苦衷,她爸爸是个厉害的角色。"

"我站在路学妹一边,我一个中国人自然支持国货。"林子晏冷笑,又道,"唐璜,你表个态。"

唐璜翻翻白眼："你我表态有什么用？最要紧看白。"

"唐璜，让她来找我。"顾夜白扶了扶悠言的脑袋，让她靠得更舒服一点儿。

林子晏惊疑："让她来找你，你这是什么意思？"

唐璜按住林子晏的肩膀，嘴角朝悠言一努，笑骂："他什么意思，你还看不出来吗？"

林子晏冷哼。

唐璜笑道："你这小子是不是爱屋及乌？据说你暗恋人家的姐妹。"

林子晏怒道："你胡说什么？"

"你们两个要疯到外面去。"顾夜白微微沉了声，小东西往他怀里蹭了蹭，有醒来的迹象。

林子晏笑道："顾夜白，你看这校禁的时间也到了，你总不好叫我和唐璜流浪吧……"

未几，北二栋宿舍楼下。

唐璜咬牙道："都怪你，不是你提醒，顾夜白还不把我们赶出来，现在可好了，我们俩被赶了出来，他们俩在里面甜蜜！"

"顾夜白那重色轻友的小子。"林子晏愤愤地说道，勾了唐璜的肩离开。

★★★★★

悠言睡熟了，嘴角笑意盈盈，做着她的好梦。

顾夜白睡意全无。

雨夜有点儿冷，屋里两床棉被，厚的给了她，身上的被单有些单薄，他身体强健，倒也还好。突然，房里传来细微的响声,他耳目聪敏,声音虽小,却还是一下捕捉到了,很快,轻轻的脚步声传来,还有什么在地上拖曳的声音。

他心里一动,闭上眼睛。

他身上的被子被轻轻掀开,再次覆上的是那床厚棉被,他的心跳加快了。

顾夜白低哑的声音传来,"这么晚,不睡觉出来换被子做什么?"

"我这就去睡。"悠言脸热热的。

顾夜白起身拥着悠言一起走回房间。

她被安置到床上,男生又走了出去,未几,一床棉被盖上她的身子。

悠言坐起身,"顾夜白,我怕热,你盖吧,我用那床薄被就行。"

被人惦记在心上是什么样的感觉?有多久没尝过这种滋味了?细软的声音说着并不高明的小谎,偏偏却说得如此理直气壮,大概也只有她了。烟雨江南,深处人家……顾夜白突然想起那幅未来得及完成的画,也许色调可以再暖一点儿,家……

"顾夜白。"

不安的声音拉回了他的神思,他轻笑道:"好。"

悠言看顾夜白将薄被拿了进来,忙把自己身上的被子塞到他手,"那晚安,明天见。"

"晚安。"

这一夜,路悠言就睡在卧室里,顾夜白就躺在客厅的沙发上。两个人便各自睡去。

第四章 暖暖的疼爱

顾夜白想,他开始习惯身边有这么一个人。他们像其他情侣一样开始约会了,也会像其他情侣一样闹过别扭,例如第一次的约会,她迟到许多,打她手机,却关了机,迟到就罢,她不知道他会担心吗?当她讨好地抱着一堆食物出现,他却狠狠训斥了她一顿。从此,她便没有再迟到过。

这一次约会,仍是她早到。

悠言正趴在商店的橱窗外不知在看什么,神色专注。午后的阳光映在她身上,显得很安谧。

他轻轻在她肩上拍了一下:"看什么呢?"

她回头一笑:"就随便看看。"

顾夜白往橱窗里看去,几个模特几套男装女裙,除此之外就是几对毛茸茸的公仔,没什么好看的。顾夜白搂着悠言走了。

走了一段路,她却似乎还惦着,频频回头张望,他没有多想,揽着她往回走。

"顾夜白?"悠言疑惑地看了看眼前的他,不知他往回走要干什么。

"喜欢哪个?"他捏了捏她的鼻子。

"真的只是看看,很贵,我的钱不够。"她老老实实道。

顾夜白道:"我买给你。"

怀里的脑袋猛地抬起,顾夜白摸摸下巴,叹了口气,这笨蛋总是这样毛躁,他的下巴被她祸害过几次,已懂得了条件反射。

"不用,我们就逛一下,晚点儿去不夜天吃东西就好。"

猫女的"亲近关系"计划(上)

"言,给你一分钟考虑,如果没有答案,我就全买下,然后……"

"全买下……"悠言一愣,"然后……"

"然后就没有钱去不夜天吃东西了。"顾夜白坏坏地笑道。

悠言看了他一眼,指了指橱窗角落一对猪宝宝,小声道:"这个可爱,可是要四百多块。"

顾夜白抚了抚她的发,推门进去。

两个店员笑容可掬,其中一个道:"这对小吉猪很热销,寓意永不分离,很多情侣喜欢呢。"

悠言喜滋滋道:"店员小姐,不用包装,我自己抱着走。"

两个店员微微失笑,对顾夜白道:"你女朋友真可爱。"

女朋友?顾夜白一时还没反应过来这样的称谓,拿出皮夹付钱,又轻轻瞥了旁边的女生一眼。

那对大大憨憨的毛线公仔几乎要将她淹没,她兀自笑得乐呵呵的。

在顾夜白看来,这个小玩意儿,一点儿也不贵。

"顾夜白,咱们给它们起个名字好吗?"悠言笑着说,她揽着那对猪宝宝,她的顾夜白揽着她。

顾夜白伸手指点在一头小猪上,道:"猪言。"

悠言一声冷哼,伸手去戳另一头小猪:"小白。"

顾夜白失笑,轻轻给了她一个栗暴。

悠言揉揉脑袋,狠狠捏了小猪一下,道:"还反了你,不满意姐姐给你取的名字啊,和蜡笔小新家狗狗的名字一样

不好吗?"

顾夜白狠狠捏了捏她的鼻子。

悠言吃痛,手上抱着东西无法还击,再说也够不着某人的高度,遂胡乱低叫一通,"小白,小白……"

路上不少人看了过来,顾夜白的脸可疑地微微红了,悠言一看有戏,叫得更欢。

男生挑眉道:"不去不夜天了。"

某人被戳着软肋,连忙求饶,顾夜白笑道:"还敢不敢了?走吧。"

悠言点点头,又回头看了一眼。

"还有东西想买?"顾夜白疑惑地问道。

"没有了。哎,你做什么?"

N秒以后,她再次被他领回橱窗前。

"真的没有了。"悠言连忙低头,不敢去看他犀利的眼睛。

"喜欢哪套衣服?"

"小白,没有。"

顾夜白无奈,这古怪的名字,敢情她还真给他铆上了,捏了捏她的鼻子,道:"告诉我。"

"就是……"

"就是什么,嗯,那再来个一分钟的时间考虑好了。"

悠言急了:"就是那套男装,我想买给你,可是我还没领薪水。"

顾夜白一怔,原来她是这个心思。

"小白。"

"嗯?"顾夜白突然觉得这个古怪的称呼也不那么讨厌

猫女的"亲近关系"计划(上)

了。

"我再打一个月工就可以买下来了,你穿着一定很好看的。"依偎进他的怀里,悠言笑得如此甜蜜。

顾夜白将悠言紧紧搂住。

一起吃饭的时候,Susan曾在无意中提过,悠言家境殷实,她的父亲好像还有一定来历。但这个小女生,从相识那天开始,一直都是朴实的,她在校外的咖啡店打工,闲暇时她甚至打几份零工。

心疼似乎一瞬变浓。他淡淡道:"言,咖啡店的兼职辞掉。"

"那可不行,我得养活自己呢,再说辞掉兼职我怎么给你买礼物,你的生日快到了,小白,到时我做提拉米苏给你吃,我跟店里的师傅学会了做这个,味道很好。"她舔了舔嘴唇,啧啧道。

印象中,他似乎没有告诉过她他的生日,因为即使是他自己也从不惦记,她却知道甚至记下了。她的生日,他却一概不知。顾夜白苦笑,心里的柔软越发控制不住了。

不夜天是夜市里的一家小排档,以烧烤和甜食为主。

小店里都是一些学生和情侣。

"你父亲没有给你寄生活费吗?"想了想,顾夜白选择了直接问她。

放下手中的串烧,悠言双眼不再注视他,轻轻道:"我爸爸不喜欢我妈妈,我不用他的钱。"

不喜欢?原来她与他这么相像,他们的父亲都不喜欢他们的母亲,而他的父亲甚至只是玩弄他的母亲。他的痛,她的痛……

"言，坐过来一点儿。"他轻声道。

悠言点点头，乖巧地将小凳子挪了过去。

顾夜白伸臂将她搂进怀里。

恰巧老板娘送东西过来，看见二人亲密，笑道："小言，这是你男朋友？"

悠言一下羞红了脸，没敢吱声，却点了点头。

一旁的老板笑道："老婆，你看小言，生怕你不知道，这头点得像捣蒜。"

悠言大窘，想从顾夜白身边挪开一点儿。

她愈急，顾夜白手上的力道却更加一分。

"小言是好女孩。"老板娘与老板相视一眼，老板娘笑道。

顾夜白回了一笑，对悠言道："你似乎是这儿的熟客。"

悠言道："我和阿珊经常来这里，不夜天卖的东西都很便宜，赢利大概也不多，但老板和老板娘很幸福。"

她说着话，一对儿澄清的眸越发黑亮。

平凡中的幸福。顾夜白揉揉她的发，再次旧事重提，"言，把兼职辞掉。"

悠言摇摇头，小脸现出一丝倔强，"我不用我爸爸的钱，自己养自己，我想好了，我这个假期要去庐山，所以我得存一笔钱。"

"你不必养活你自己。"

"辞掉，我来养你。"

悠言望着顾夜白，心里一阵暖流流过。

猫女的"亲近关系"计划(上)

★★★★★

外语系女生宿舍楼。

"珊,晴,我回来了,给你们带了夜宵。"

寝室门开着,悠言一股脑儿奔了进去,却见里面很多女生。

Susan、许晴,外宿的小虫破天荒也在,隔壁宿舍的几个女生,还有怀安。

大家围在桌子上,不知道在讨论着什么。

Susan扬声笑道:"好吃的来喽。"

隔壁一个女生眼尖,叫道:"悠言,你这对公仔不便宜吧?"

"嗯,要四百多块呢。"

"小气鬼,舍得买这么贵的东西?"许晴笑道。

悠言心里一甜,低低笑道:"小白送的。"

Susan一怔:"什么小黑小白?"

悠言随即恍悟:"顾夜白。"

随即,低头去弄她的猪宝宝,心头突然一跳,好像看到怀安瞥了她一眼。仔细看去却见她和几个女生说着什么,正奇怪怀安怎么过来了,小虫道:"明天要交的翻译作业很难,我们都不会,怀安是高手。"

"悠言,你还不赶快过来看一下,怀安正在和我们说着呢。"隔壁宿舍的女生喊道。

Susan淡淡道:"言,过来参考一下吧,周美人亲自讲解呢。"

"我做好了。"悠言抬抬下巴,几分献宝的得意。

许晴轻嗤,笑骂道:"吹的吧。"

"真的,小白给我讲的。"

许晴啐道:"虽说我没看过真人,你就把牛皮吹上天吧,你那位有多神通广大?学校里可没怎么听过他的名声哦。"

许晴这话虽是说笑却也带了几分讽刺,悠言只是好脾气地笑了笑。

Susan不知顾夜白底细,但这话刺到悠言,她不由得一怒,冷笑道:"晴,眼见不一定为实,更何况并非你亲眼所见,没有调查就没有发言权。"

许晴冷笑,低头去看题,似乎看到对面的怀安也冷冷一笑。

Susan一声冷哼,道:"言,作业拿来,我要参考。"

悠言愣住:"怀安不是在讲解吗?"

"我说的难登大雅之堂。"怀安淡淡道。

悠言没出声,把一对公仔放进床里。

Susan道:"言,有零钱没有,我下去买些饮料,回头给你。"

悠言笑骂:"得,你苏小姐的都是大票子。"

许晴笑道:"Susan问对了,悠言这小穷光蛋就只有些零碎钱。"

靳小虫低声道:"晴,你别这样说言。"

"我怎么说来着?悠言你自己说是不是?"

"是是是。"悠言笑笑,道,"珊,钱在背包,背包在书桌上,你去拿。"

Susan冷笑:"晴,咱们言没钱,这也不用买你的了。"

"都买都买,人头数,我请客。"悠言跑过去,抱着

猫女的"亲近关系"计划(上)

Susan蹭蹭。

许晴道:"苏大小姐,听到没有?"

"得。"Susan狠狠掐了悠言一把,往书桌走去。

"不用买我的,谢谢。"怀安微微抬起头说道。

"怀安,你跟悠言省什么,她现在不是在处对象吗,有人疼着呢。"同室的女生笑道。

悠言脸一红,瞪了对方一眼,那女生笑着走到床边搂住悠言的脖颈。

Susan突然低呼道:"路悠言,你的钱夹里什么时候多了张银行卡?"

悠言一愣:"那是小白给我的。"

话还没说完,一帮女生已纷纷离座,将Susan团团围住,这边的书桌,只剩下怀安和小虫。

"顾夜白对你真好。"不知谁喊了出声。

"怀安,你刚才不是说要笔吗?怎么不拿?给。"小虫伸手在怀安面前晃了晃。

怀安瞥了悠言一眼,轻声道:"谢谢。"

"姐妹们,大家想不想看看这卡里的数目?"许晴嘿嘿一笑,突然伸手抢过Susan手中的银行卡。

"许晴,你这死丫头,还我。"

"想!"

Susan的声音顿时被淹没在一阵震耳欲聋的欢呼声中。

悠言急了,跑过去抢,却被一个女生紧紧从身后搂住,脱不了身,只好道:"珊,帮我。"

"我一对N,爱莫能助啊。"Susan为难地摊摊手,"再说,我也想看看你那人对你有多好。"

第四章 暖暖的疼爱

"要不，咱们来猜猜。"向来不多话的靳小虫也跟着起哄。

群情更加激荡。

悠言头痛。

Susan道："言，密码多少？"

悠言一张小脸顿时雨转晴——没有密码就看不成了吧，她正暗暗高兴，突然想起一件事，脸倏地白了。

时间倒退回三十分钟以前，林荫道的长椅上，顾夜白与悠言相拥着。

终于，他道："晚了，回去吧。"

她点点头，正要起来，他突然道："言，你的钱夹给我。"

她不知道他要做什么，还是依言做了。

他从自己的钱夹里抽出一张银行卡，拿出笔在卡背写了什么，又放进她的钱夹里。

怔怔地看着他的动作，她抓起小猪道："小白，你知道哥哥在做什么吗？"

他轻笑，在她鼻子上一点，"卡里的钱你随便用，密码我写在背面了，回头改成你自己能记住的。"

许晴眼尖，突然叫道："背面有数字，咱们试试是不是密码。"

当那一串串的数字出现后众人皆瞠目结舌了。

此刻，悠言恼恼地坐下，掩住眼睛。

半晌，没有动静。

悠言奇怪，手指挪了条缝隙，却见怀安和小虫也站到了电脑旁边。

猫女的"亲近关系"计划(上)

大家都在看她,每张脸上都写满了震惊。

末了,Susan低声道:"言,顾夜白到底什么来头?"

悠言越发奇怪,许晴道:"你自己过来看看。"

几个女生,两边错开。

悠言看了Susan一眼,后者示意她上前。

目光慢慢晃到屏幕上,悠言吃了一惊,揉了揉眼睛,仔细看那屏幕上的数字。

Susan叹了口气:"还用再看吗?如果不是数目骇人,我们也不是这表情。"

悠言还是再看了一遍。

一二三四五六,那是接近七位数的存款。

"言,你收好。"Susan将银行卡递回给她。

许晴疑道:"他家里应该很有钱吧。"

家里很有钱?悠言一愣,突然意识到,她对他似乎有些了解,又似乎一无所知。例如,他的身世。只知道必定不平凡,咖啡店那个夜晚,他和他父亲对峙,那个男生绝非泛泛之辈。

"悠言?"

不知谁唤了一声,她才回过神来。

她知道他与她一样,也是自己挣钱养活自己,却从没意识到他的能力这样卓绝。再想想,他寝室里的几本著名杂志,那上面可不都有他的专栏,自己真是笨。

想说钱都是他自己挣的,和家里无关,终究还是没有多说什么。

"这比魏子健强多了,最起码他宠你,魏子健家境好,又有才华,也难怪眼高了一点儿。"有人低声道。

Susan斥道："你胡说什么！"

悠言苦笑，世上没有不透风的墙，她在美术系闹的笑话，人人都知道她暗恋那浑蛋，也认为她写过情书给他。

有目光向她递来，她抬头朝小虫一笑，小虫却迅速低下头。

"刚讲的也差不多，我先走了。"

怀安走了出来。

"回头见。"同室女生挥挥手，又促狭道，"悠言，你已经有好几次没有回宿舍过夜了吧？"

其他几个女生立刻尖叫起来，悠言大糗，巴巴看向Susan，希望她能帮说几句，哪知Susan却笑吟吟道："我可不好说哟，大家自己想吧。"

全室哗然。

悠言生气了，往桌上一拽钱包，"我下去买饮料。"

她走得急了，竟撞上怔怔站在门口的怀安，连声道歉。

怀安冷笑："看好你的路，是不是有了一个顾夜白，眼睛都长在头上了？"

周怀安向来冷漠骄傲，但像这样直接骂人却少之又少，众人一时都惊愣住。

悠言咬了咬唇，道："我撞到你是我不对，但你说的事情，我没有。"

怀安冷冷看了她一眼，快步离去。

Susan气得发抖，便要追上去，悠言赶紧抓住她，摇了摇头。

众人一看似乎闹得有点儿过了，都赶紧告辞离去，又有人匆匆去追怀安。

猫女的"亲近关系"计划（上）

小虫在悠言身边经过的时候，轻声道："那件事……"

悠言叹了口气："小虫，已经过去了。"

小虫低声道了句谢，默默走了。

这一天，悠言早上只有两节课，一下课就去了咖啡店。想给那人一个小惊喜，从咖啡店出来，便急急赶到美术系，可惜还是晚了，刚进教学楼一楼大堂，下课铃已响了。

大堂今天特别热闹，公告板前黑压压围满了人，人声鼎沸，不知道在议论着什么。

她心里好奇，没有立刻上楼，走上前去看个究竟。

"外语系那个女生，就是她！"有人立刻说道。

"在哪里？"

悠言一怔，却见所有目光纷纷向她望来。

Chapter 第五章
校园祭大赛

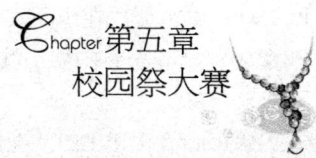

顾夜白赤足踏上垫子,二人互相行了站姿礼,主裁判宣布比赛开始。

悠言迷惑,看着画面像流水一转一转过去,她不懂太多,恍惚间,只看见二人触上对方的衣衫、肘节,甚至还没看清楚,情势已经发生急剧变化,龙力被摔到地上,耳边只听得唐璜低喝了一个"狠"字。

猫女的"亲近关系"计划(上)

告示板前,有个熟悉的人:魏子健。几个男生围在他身旁,低声说着话。魏子健看着她,眼神冷屑。

悠言疑惑,抬头看去,却见告示板贴了几张信纸。

子健:

我知道这对你来说很困扰,我也告诉过自己不要再想给你,不要再偷偷去篮球场看你,但我真的做不到,因为我真的很喜欢你……

悠言的脸,一点儿一点儿白了。

周围的人三两一群,她被孤立在中间。

将手中的东西攥紧,她冷冷看向魏子健:"为什么要贴出来?"

魏子健身旁一个男生问道:"子健,你贴的吗?"

魏子健冷笑:"我还想知道谁做的呢!"

人群里声音四起。

"她不是顾夜白的女朋友吗?"

"你们不知道吗,她写过情书给魏子健,听说是子健看不上她,她才又去找的顾夜白。"

"顾夜白这阵子不是风头正厉吗,听说被夏教授收了做徒弟。"

"这女人也真会挑……"

"可不是,前阵子还和音乐系的迟濮在一起呢。"

"她比得上成媛学姐吗,人家是系花。"

"不过说起顾夜白,是龙是虫还不知道。"

"龙?就他那副样子,哈哈。"

"龙力,好歹大家同系……"

那被唤作龙力的男生眸里划过轻蔑的笑。

突然一股冲力推到他身上,他身形一动快速闪过,顺手一扣一推,冷冷看向施袭的人。

对方长发散乱,狼狈地跌倒在地,一双眸却愤怒地看着他,正是那个被指写情书的女生。

龙力冷声道:"神经病!"

一个男生道:"子健,那个女生又发神经了,也不想想龙力是什么人。"

魏子健冷笑。

"她好像很可怜。"几个女生小声道。

有人随即反驳:"是她主动的,有什么好可怜的?"

悠言心里难受,他们说她无所谓,但龙力这样说顾夜白,她却什么也做不了。

手里空荡,她一惊,一直抱在手里的盒子推摔了,她连忙爬起来,小心翼翼地将有些变形的盒子捡起抱回怀中。

抬头环视了所有人一眼,一字一顿道:"不是我,情书不是我写的。"

魏子健蔑然一笑:"信是你亲手交给我的,不是你写的是谁?"

这话一出,又是哄堂大笑。

悠言紧紧地咬着嘴唇,抱紧小盒子,一言不发地走到告示板前,踮起脚去够信纸,那东西却张贴得极高,她试了几次都无果。

耳畔嘲笑的声音更厉害。

泪水在眼眶里打转,捏了捏手中的盒子,悠言颓然低下头。

突然,一只修长白皙的手拈上信纸,声音清脆狠厉,瞬间几张信纸全被撕下。

空气霎时凝固。

悠言一怔,缓缓往侧方看去,顾夜白不知道什么时候来了,一双墨眸如玉,正紧紧地凝视着她。

触到她红透的眼圈,他的瞳孔迅速收紧。

"小白,不是我。"

压抑的委屈因为他的到来全部释放,她哽咽着走向他,坚实有力的臂膀随即把她揽进怀中。

顾夜白冷冷环视全场。

那目光并不冷厉,但被扫过的人无不有种微微惊颤的感觉。

寒冽的眸光,最终定在魏子健身上。

想起之前的耻辱,魏子健咬牙冷笑:"你看着我做什么,你自己的女朋友自己都管不好,哈哈。"

与魏子健交好的几个男生大笑,很快,那讽刺的笑声又息微,只因大堂中并没有任何人附应。

顾夜白盯着魏子健,淡淡道:"你既会说是我的女朋友,那我的女朋友谁给你资格去教训了?"

"是她自己找上我的!"魏子健反唇相讥。

"魏子健,你敢与我赌一局吗?"

魏子健正惊疑,只听得顾夜白道:"校园祭的画艺比赛,我要挑了你。"

一句话语气轻淡,全场却旋即再次哗然。

"就凭你?"

震惊过后,魏子健不怒反笑。

顾夜白眸光微动,"你不敢?"

"笑话！顾夜白，今天这里所有的人都是见证，到时怕只怕说大话的人后悔了。"魏子健冷冷笑道，"既然说打赌，是不是该博点彩头？"

"可不是吗？"

接口的正是刚才出言桀骜的龙力。

悠言含泪怒视龙力。

顾夜白掠了龙力一眼，抚了抚悠言的发。

悠言攥紧顾夜白的衣衫，他的安抚，她明白。

"好。"顾夜白淡淡一笑。

魏子健道："我正缺个人挽背包，到时就有劳了。"

人群顿时爆出大笑。

"魏子健，你是小儿麻痹症还是老年痴呆？看你人模人样的，一个背包也拿不动，才没见一会儿，就连人话也不会说了。"

调侃的声音蕴涵着冷冽，突然从人群里传来。

一个男生走了出来，站到顾夜白身旁，他伸手去摸悠言的头，悠言侧身避开，瞪他。

"林子晏，你存心想打架！"魏子健怒道。

"你连自己的包包都拿不动，这还能打吗？"林子晏轻蔑一笑。

"他不行，那我呢？"

林子晏看去，却是龙力。

顾夜白朝林子晏使了个眼色，林子晏知道他有分寸，遂没有再说什么。

"那如果你输了呢？"顾夜白眸光微凝。

魏子健扬眉而笑，身旁一个男生嗤道："这可能吗？"

"哦,原来你不敢。"没有理会那人,顾夜白勾了勾唇。

魏家家底甚好,魏子健成绩不俗,向来是被尊崇惯了,哪受得了这样的挑衅,道:"你说!"

墨眸扫视过地上那一撂废纸,顾夜白道:"如果你输了,这里有多少张纸,你便写满多少张。"

"写什么?"魏子健变了脸色。

"姓魏的,'对不起'这三个字认得吧?"林子晏冷笑,"写好交给路学妹,或者像某人一样,将它张贴在告示板上也行。"

魏子健脸色一沉:"好!顾夜白,我们只管走着瞧。"

人群里掌声大捷。

顾夜白轻声道:"言,咱们走。"

只见悠言咬唇看着龙力,只是不动,"你赔。"

喧闹的人群立刻安静了几分,为又起的热闹。

龙力冷笑:"你要我赔什么?"

悠言抱着盒子,小脸涨红,"你骂小白,还弄坏了我的东西。"

"是你自己先动的手,怪得了谁?"

"龙力,你对她动手了?"顾夜白淡声问。

"是又怎样?"

"没有怎样,五天后的校园祭柔道赛,顾夜白向你讨教就是。"

抽泣声迭出,连转身离开的人都吃惊地回过头来。

"顾夜白是不是疯了?"

"……"

窃窃私语的声音瞬间爆出。

顾夜白向魏子健下战帖虽不自量力,也还说得过去,但挑战龙力却绝对是件不可思议的事。

龙力也是美术系三年级学生,但他还有一个身份——柔道协会会长,黑带五段,校内仅有的几个黑带高手之一。最为人津津乐道的是,年前学校的友谊赛,他打败了柔协的顾问——他的老师。

所以,刚才龙力对悠言的态度,虽有几个男生看不过眼,却碍于龙力的身手,没有一个敢上前阻拦。

大堂很静,空气死水一般的寂静。

龙力挑眉,打量了顾夜白半晌,"顾夜白,按赛制,除非你败了所有的选手才有资格跟我比,又或者你也是黑带五段。"

悠言心里一惊,悄悄拉了顾夜白一下。

顾夜白淡淡道:"我不是黑带。"

以为顾夜白会说些场面话,也有人想他既然敢挑战龙力,说不定有些后着,没有人想到他会这样说,顿时声音潮涌……惊疑、猜度的声音铺天盖地地响起,就如龙力说的,顾夜白不是黑带,除非他能将所有选手都打败,但这可能吗?

★★★★★

林荫道。

林子晏走到顾夜白与悠言前面,手横在脑后,倒退着走。

"冲冠一怒为红颜,风萧萧兮易水寒,壮士一去兮不复还……"

猫女的"亲近关系"计划(上)

"学长,你胡说什么!"悠言恼怒,把盒子往顾夜白手里一塞,便朝林子晏追去。

"你真强悍,连龙力那厮也敢去惹。"林子晏扯扯悠言的头发,一溜烟儿跑远。

悠言顿时停下脚步。是啊,这次她将顾夜白害惨了。

温暖的大掌按上她的肩。

悠言低声道:"小白,龙力很厉害,怎么办?"

林子晏怪叫一声,跑了回来,"没办法,你的小白准备给那家伙打死吧。"

悠言一惊,怔在原地。

顾夜白看了林子晏一眼,"子晏,你吃饭去。"

"不去,我要和路学妹聊天。"林子晏吹了声口哨,又去扯悠言的头发。

顾夜白眉头一皱,正要说话,悠言已抢在前头,"学长,你不走,我就告诉阿珊你偷画她。"

林子晏愣了一下,"你怎么知道?顾夜白,你告诉她了?"

悠言笑道:"原来是真的啊,我就觉得你会偷画。"

揉了揉悠言的发,顾夜白轻笑,林子晏满脸愤怒。

"顾夜白。"

急促的声音突然从背后传来。

悠言转身看去,却是怀安。

嫩黄色针织毛线上衣,米白斜呢过膝裙子,长发盈肩,风中俏立的她,美丽动人。

顾夜白问:"什么事?"

怀安看了悠言与林子晏一眼,"顾夜白,可以借一步说

话吗?"

悠言嘀咕:"不能在这里说吗?"

怀安却看着顾夜白:"一起走,好吗?"

顾夜白道:"有什么在这里说就行。"

怀安心下一黯,咬牙道:"今晚七点,我在学校图书馆等你,不见不散。"

留下话,怀安转身就走。

身边劲风擦过,却是顾夜白追了过去,悠言的心凉了半截。

"这小子搞什么?"林子晏骂了句,又笑道,"学妹,学长请你吃饭去。"

悠言摇摇头,一双眸静静凝视着那人的背影,"我等他。学长,你先去吧。"

林子晏叹了口气,朝她挥挥手。

"学长,我不会告诉阿珊你偷偷画她。"悠言笑喊。

林子晏回头冲她做了个凶恶的鬼脸,转瞬没了踪影。

悠言慢慢踢着步子走,直到一只大手将她揽过。

她问:"说完了?"

"嗯。"

"你晚上有约,那今晚我不去你宿舍做饭了。"

"随你。"

悠言心里委屈,"图书馆不去不行吗?"

顾夜白没有答话。

悠言气恼,手往腰上一拨,将他的手推开,快步往前走。

"行。"

猫女的"亲近关系"计划（上）

顾夜白的声音在背后传来，带了丝笑意。

悠言一愣，随即被他重搂进怀里。

"我说，行。"

悠言不解："可你不是答应怀安了吗？"

"我什么时候答应她了？"

他把她搂得更紧一些，伸手去拿她手上的盒子。

悠言手忙脚乱地将盒子抬高，怒道："顾夜白，你还骗我，刚才你明明跟她聊了好久。"

顾夜白邪邪一笑，将悠言的脸庞扳过，"我是去跟她说，我今晚一定不会过去。"

悠言怔愣许久，才大叫一声："顾夜白，你耍我。"

顾夜白挑眉，"有人说今晚要做饭给我吃，我可没忘记。"

悠言白了他一眼，心里却甜丝丝的。

顾夜白伸手将她拥进怀里，轻声道："子晏不在，怀安也走了，哭是允许的。"

悠言微微一颤，从大堂到现在，压抑了一路的委屈，在他的轻抚下，再也藏掖不住，头埋进他的胸膛里，低低哭了出来。

有风轻轻吹过，阳光很暖。

长椅上，两个人依偎在一起，闻着他的气息，悠言轻轻闭上眼，一脸安谧。

顾夜白的目光落在盒子上，"言，这是什么？"

悠言笑："这是我做的。"

随即她又黯然道："给龙力弄坏了，不能吃了。"

顾夜白听出她语气里的失望，把盒子上的缎带解开，

"我看看。"

盒子里一块蛋糕四分五裂,模样确实有点儿惨不忍睹。

悠言懊恼道:"提拉米苏,现在变成提不拉苏。"

顾夜白笑着轻轻地揉了揉她的发。

"今天三四节没课,我就到咖啡店做蛋糕,多做几次到你生日的时候,味道估计就好了,可是现在不能吃了。"

"我吃。"顾夜白说着从盒子里拿出一小块蛋糕,放进嘴里细细嚼了。

悠言心下一紧,"好吃吗?"

顾夜白很陶醉地说:"不错,很好吃。"

悠言听了立刻心花怒放,小指挑起一块放进嘴里。她的眉头瞬间皱成一团,"好甜,你骗我。"

"从来没有人给我做过这个,我没有骗你,确实很好吃。"

耳边他的声音很淡,悠言心里一酸,头轻轻靠到顾夜白肩上,顾夜白伸手握住她的手。

"你以后生日,我都给你做好吗?"

"好。"

"不好吃不准嫌。"

"好。"

"不好吃也要说好吃。"

"……"

"小白,你知道提拉米苏有一个传说吗?"

"我很少吃这些,你给我说说。"

她靠在他身边,给他说提拉米苏的传说,说那个意大利士兵的故事,说"带我走"的爱情,末了,她调皮道:"我也要吃，你喂我。"

顾夜白瞥了眼四周校道上走过的人，好一会儿，才拿起一块递到她嘴边，头却微微偏开。

看他神色难得尴尬，悠言乐得像偷了油的老鼠，"小白，我很严肃地告诉你，我可不用鼻子吃东西，你别再把蛋糕往我鼻子里塞了。"

顾夜白抬手给了她一个栗暴……两个人嘻嘻哈哈地把那块丑丑的蛋糕分吃了。

悠言拍拍手中的蛋糕碎屑，"小白，你怎么不问……"

"问什么？"

"情书是谁写的。"悠言握住他的手，"我总是闯祸，让你在这么多人面前难堪，对不起。"

"言，我不爱听你说这句话。"

"可是情书……"

"不是你写的不是吗？"

悠言一怔，"你相信我？"

"你说我就信。"

"那你不想知道是谁写的吗？"

"没这个必要，不是你写的就好，即使是你写的也没关系。"

悠言愣住："为什么？"

"你和魏子健之间的事已经过去了，只是……"顾夜白顿了一下，"以后除非你和我彻底断了，否则，如果你和其他男生有纠葛……"

话到这里停住，悠言没有问。握在她腰上的手很紧，顾夜白的眸很暗，她微微颤抖，她想她明白他的意思。

05 第五章 校园祭大赛

★★★★★

外语系教学楼，教室。

课间休息，后排窃语的声音虽小，悠言还是听到了。

"你是说悠言的男朋友？"

"早前不是说他为了悠言参加了两项比赛，怎么，哪里不对？"

"真浪漫，如果是我的男朋友……"

"你少做梦吧！出头也得看能力，我说那顾夜白也太不自量力了，若是两项比赛还好……"

悠言越听越摸不着头脑，告示板情书事件以后，她与顾夜白俨然成了"名"人——走到哪儿都会被提到名字。

Susan笑道："别急，我帮你问去。"

悠言正要唤住她，Susan已跑掉。

悠言揉了揉眉心，一个女生突然走过来，拍拍她的肩，道："周怀安外面找。"

怀安？悠言有些惊讶。

走廊。

看她走近，怀安一语不发往前走。

悠言只好跟在后面。

走到一处僻静的地方，怀安才停下，"你到底又和他说了什么？"

悠言微微蹙眉，"我不明白你说什么。"

怀安冷笑："整个学校都传疯了，你还不知道？校园祭比赛明天开始，今天截止报名前，顾夜白又多报了两项比赛，剑道和电脑编程，现在私下里全校都开出了各种赌局，要看他怎样出糗。"

悠言吃了一惊,他又多报了两项比赛?

"画艺赛,夺冠的我敢说一定是他,电脑编程还好,大不了一输,但柔道剑道呢?那是有危险的比赛。你自己写情书给魏子健就罢,为什么把他也拖进去,龙力那人并不好惹!路悠言,你到底知不知道你在做什么,你根本就没有资格和他在一起!"怀安怒道。

"也许我不配,他不是个莽撞的人,他既然选择参赛,那就是说他有把握,怀安,抱歉,我先走了。"

背后,怀安似乎还和她说了几句什么,悠言没有再听,路上遇上了顾夜白,她想她弄懂了甜蜜,也学会了嫉妒。

怀安咬牙,狠狠看了悠言的背影一眼。

阳光透过树叶洒下斑驳的影子,光影在两个人交错离开的瞬间,也轻轻摇曳交错。

☆☆☆☆☆

北二栋宿舍,夜晚。

拉开衣橱,眸光掠过那挂在最深处那套洁白的衣服,顾夜白正要将衣服拿出来,却听到有人敲门。已经不早了,会是谁?

开了门,率先看到的是一对毛茸茸的公仔,他唇上一勾。

"好渴。"来人把东西往他手上一塞,急急跑到桌边,拿起他的杯子,毫不忌讳仰头就喝起水来。

擦擦嘴角的水珠,某人走过来,抱过他手上的两个公仔。

顾夜白微微失笑:"怎么把这东西也带过来了?"

悠言捏了捏那对小猪,嘀咕道:"猪言问小白:'小白,今晚猪言和你一起睡好吗?'"

顾夜白好笑,摸摸她汗湿的发,"小白说:'好。'"

就在这时,悠言突然问道:"他们说你参加了四项比赛。"

"嗯。"

"为什么?"

"不是说假期到庐山去吗?"

"可是……"

"四项下来,奖金估计就够一个假期的花销了。"

悠言惊喜莫名,跳了起来,"你要和我一起去,是不是?"

"我打算到那边画几组画,顺道。"

悠言两眼笑成缝,"你也顺道到那边过一个假期?"

顾夜白挑眉,"不可以吗?"

"可是你卡上的钱足够了。"

"嗯,只是有人不让用吧。"

悠言嘿嘿一笑,道:"对,那笔钱不能动,得留着你到意大利念书做生活费用。"

"言。"顾夜白眸光一暗。

"小林子学长说,夏教授打算明年向学校申请,让你到意大利一所很有名的学校当交换生,虽然有补贴什么的,但钱还是不能乱花,到时……"

声音突然低了,她在他怀里轻轻蹭了蹭。

下巴搁到她柔软的发顶上,顾夜白闭上眼睛。

猫女的"亲近关系"计划(上)

交换生的事情她知道了,在他还没拿定主意之前,她都帮他想好了。

*****

柔道大赛——体育馆外的巨型横幅上,那笔力苍劲的四个字夺目慑人。G大百年校训,以文艺武技立本传承。校园祭的六道大赛,柔道最先拉开帷幕。

艳阳高照,绿阴浓郁。体育馆人声鼎沸。

门外,两个女生焦灼不安地踱来踱去,似在等着什么人,正是Susan和小虫。

Susan眼尖,目光狠狠射向前方的身影,"路悠言,你怎么现在才过来,位子都要没了。"

悠言抚住心口,喘气道:"你又不是不知道北二栋有多远。"

Susan一声冷哼:"别让顾夜白也迟到就行了!"

悠言不好意思地笑笑,拉着小虫就走。

Susan也不闹了,催促道:"快走,比赛快开始了。"

悠言不见许晴,便问她去了哪里,Susan道:"她有事回老家了,看不到这好戏连场了。"

三个人进了体育馆,放眼望去都是人潮,气氛仿佛也窒息了几分,悠言"哇"的一声叫了出来。

小虫伸手在悠言面前晃晃。

悠言煞有介事道:"我在感叹什么叫万人空巷。"

Susan笑骂:"我看人家刘姥姥都比你强。"

悠言一时没有反应过来,"谁家姥姥?"

小虫扑哧一笑,道:"曹雪芹家的。"

悠言省悟过来，笑着去打Susan。

小虫苦笑："别闹了，位子怎么办？"

Susan道："拜托隔壁宿舍的女生帮我们占了三个位子，就不知道会不会本是同林鸟……"

悠言撇撇嘴："应该没事，好歹咱们只是来看比赛的。"

Susan二话不说，伸手去掐悠言，小虫调解，结果，三个人闹作一团。

打闹中，Susan再次眼尖，"她们在那边，我过去问问，你俩在这儿等我。"

未几，美人气冲冲折回，"周怀安是学生会的高层，帮她们宿舍拿了前几排的位子，于是咱们的位子就很不小心地给遗忘了。"

小虫奇怪，"Susan，你不也是学生会的吗？"

Susan摊摊手，"我只是小喽啰。"

"因为方影在那边吧。"悠言道，"真要论高低，方影是学生会副会长，你苏大小姐说一声，这区区位子怎成问题。"

Susan咬牙，正想说点儿什么。

突然传来一阵清朗的笑声，"嘿，学妹们，要不要过来坐？"

"小林子学长，咦，唐大哥也来了啊。"悠言喜道。

唐璜笑道："悠言好，两位美女好。"

"帅哥好。"Susan眼梢微斜，看向某人，"哦，还有一旱鸭子。"

林子晏咬牙："我说你这女人，我好歹是你的学长。"

猫女的"亲近关系"计划(上)

"我说学长,你到底要不要给我们位子?"Susan横了某人一眼。

"跟哥来。"林子晏手一挥,气势十足,唐璜不顾帅哥形象,翻翻白眼以示鄙视,悠言几个笑得岔了气。

林子晏瞥了Susan一眼,嘴角轻翘。

体育馆是椭圆形设计,环形一周,林子晏拿的竟是正中第二排的好位子,悠言等人大喜,Susan随即苦笑,方影就在前排。

方影居中,右边是清一色的学生会成员,左边则是怀安与同宿舍的几名女生。旁边一隅正前方是裁判席、嘉宾席,这时,都还是空席。

悠言扯了扯Susan,低声道:"你和他还真是冤家路窄。"

前排,一人转过身来,"谁和谁?"

悠言一怔,却是怀安。

Susan淡淡道:"不是你就行了。"

怀安眸光微动,掠过悠言,又转问方影道:"方影,你知道吗?"

方影转身看了Susan一眼,没说什么,缓缓回过头。

林子晏冷笑。

唐璜勾勾唇,轻声道:"一个小圈子这么多暗涌。"

林子晏道:"当心哪一天你唐大医生也进了什么圈子。"

"我?"唐璜微怔。

"要开始了。"后排不知谁喊了一句。

全场气氛顿时变得热烈。

台上,主持人从后台走出。

霎时,众人眼前一亮。

身穿柔道服的女子,一头长发用发梳绾起,外貌俏丽,赤足淡妆,雪白的袍服上系着蓝色腰带。她展眉一笑,向观众行礼。

蓝带美人,观众席呼声如雷。

前排,隔壁宿舍一个女生道:"这不是新闻系的宣轩学姐吗,她也是柔协的,蓝带,好酷哦。"

悠言用肘一碰Susan,"蓝带是什么概念?"

Susan回了个鄙视的眼神,"我也不清楚。"

悠言回以同样的鄙视。

"蓝带……"

两道男声同时响起,两个人一愣,却是方影和林子晏。

场上气氛原本便变得肃目,现在,悠言只觉得他们这边更紧室数分。只听得方影淡淡道:"到时见。"

林子晏声音微沉,"谨候。"

一侧与林子晏相熟的几个男生都是一怔,此刻的林子晏哪有半分平时的不正经?

悠言推了推Susan,"怎么回事,决斗?"

除了怀安,前排几个女生与小虫都笑了起来,Susan下意识看了林子晏一眼,却撞上他微微炙热的目光。

Susan一惊,赶紧侧过头。

悠言半天都没有弄懂什么是蓝带,正郁闷,旁边的唐璜轻轻一笑,低声解释道:"顾夜白没跟你说过吗,柔道讲的是五级十段。除了初学者佩的是白色腰带以外,五级依次进,腰带颜色是黄、橙、绿、蓝、啡,往上是十段,要到黑

猫女的"亲近关系"计划(上)

带以后才有资格评段位,当然,到了黑带已算是强手了,黑带又分一至五段——"

悠言等人听得津津有味,冷不防唐璜打住话匣子,场内顿时安静下来,只听见主持人宣轩介绍嘉宾和裁判进场。

悠言和Susan相视一笑,明白这是出于对比赛的尊重,赶紧收敛心神,往台上看去。

奇怪的是,嘉宾席居中一席空了。观众也都发现了,四周顿时私语纷纷,抹上了几分神秘。

场上,台子中是一张类似于榻榻米的垫子,面积甚大,划区而定,赛区外,设红色危险区,外面是保护区。

两名裁判走到台上,分角而站,接着主裁判走出来。

裁判施礼过后,观众席上喝彩声不绝于耳,悠言开始紧张起来。

Susan悄声道:"你紧张个什么劲儿?我是门外汉也知道,要逐级淘汰而上,顾夜白哪会这么快对上龙力,再说了,在和其他选手比赛的时候,说不定就落败了,那不就结了吗?"

前后众人憋不住,都轻声笑了。

前排一个女生回过头,小声道:"而且不是按级别比赛吗?也许两个人根本不在一个赛组里,永远碰不到头。"

悠言想了想,扯扯旁边的Susan,"册,你是不是也参赌了?"

Susan撇撇嘴:"我只不过是赌了一顿哈根达斯。"

"你敢赌小白输,我跟你拼了。"悠言怒。

前排几个女生道:"悠言,赌他输的,还有我们。"

唐璜大笑,林子晏两眼放光,大概也和人赌上了。

他问唐璜："碰不上头的概率大吗？这个是一赔十啊。"

悠言听了十分伤心。

"别闹了，宣轩学姐开讲了。"小虫指指场上，做了个噤声的动作。

宣轩唇角噙笑，朗声道："柔道，Judo，顾名思义，取温柔文雅方式的意思，源起日本人文，武技没有国界之分，以柔制刚，以弱胜强，也从此奠定了柔道作为世界上其中一项最具非凡意义的格斗技。白袍服诠释优雅，蓝色的腰带代表力量……"

全场掌声响烈。

宣轩慢慢敛住笑意，环场一眼，字字顿顿，"为了能更好地体现柔道最初的宗旨，我们尊重传承，也一反过往校园祭的传统，今天的柔道大赛，我们将以无级别的方式决出桂冠。"

"唐大哥，什么叫无级别？"悠言小声道。

唐璜道："为体现公平，柔道比赛是按体重划分级别的，例如六十公斤级，九十公斤级等。"

林子墨恶狠狠道："笨学妹，打个比方，如果二人扳手平手，但其中一方体重较轻，也许分数就落在他身上，明白没有？"

悠言被唬得似懂非懂地点点头。

"那就是即使只有千分之一的机会，顾夜白还是有可能对上龙力？"Susan低叫。

悠言捂住Susan的嘴，场中，主持人已开始讲解赛程。

空气中顿时变得安静起来。

猫女的"亲近关系"计划(上)

宣轩一笑,道:"柔道,按强弱,分为五级十段,我们将以选手的级数或是段位分组来进行小组赛,采用的是即时死亡制。所有对垒,一场定胜负。也就是说,会从黄、橙、绿、蓝、啡、黑带各组中各决出一个冠军,最后,将进行越级赛,低级组冠军与高级组冠军的对撼,看到底会不会跑出黑马,黑带组的冠军依然能笑到最后!"

"好!"

像引子被点燃,场上气氛顿时活跃起来。

在人声潮涌中,一个人缓缓从后台走出来。仍然是一袭白袍服,腰带颜色却瞩目至极。只见他仰起脸,环全场一周,扬眉而笑。

观众席,瞬时爆出大声欢呼。

"龙力!"

"是黑带龙力!"

龙力朝观众席慢慢鞠了一躬,全场愈加兴奋。

悠言捏拳,牙磨得咯吱咯吱响,众人笑得肚疼。

前排,方影轻声道:"怀安,你好像也很紧张。"

怀安心里暗道方影眼睛锐利,嘴上却说:"哪有?"

Susan看到悠言神色好奇,生怕宣轩又宣布了些什么要紧的赛程赛规,便只当作没有听见前面那二人说话,赶紧把注意力拉回场上去。

龙力摆摆手,观众席上声音立刻低了几分,他弯腰走到台上,站到垫子中央,嘴角勾笑,眉眼冷傲。

唐璜道:"看来这人人气不低。"

"岂止不低?"林子晏微微皱眉。

场中,宣轩与龙力相视一眼,这二人,男的英俊,女的貌美,一黑带,一蓝带,衣袂飘飘,入眼处尽是赏心悦目,观众席便又开始闹腾了。

"龙力真帅!"前排一个女生悄悄对同伴笑道。

悠言牙磨得更响了,一双眼睛紧紧盯着赛场。

宣轩扬声道:"比赛即将开始,与大家预先收到的消息一样,今天进行的是男子赛。"

"可是,和大家预想不一样的是,即使是咱们的龙力只怕也感到疑惑,为什么会被邀请到这里呢?实际上,组委会的评委老师一致决定,在小组赛正式进行前,将先进行一场特别的比赛。"

此话一出,全场立刻面面相觑。

"什么特别的比赛?"观众席上立刻有不少人发问。

"现在先请所有选手进场。"宣轩一揶麦克风,抬手鼓掌。

当后台走出第一个选手,观众席上立时掌声大作。掌声中,所有选手接踵而出。

本来场上所圈划开来的比赛以外的区域并不小,但到全部选手聚齐,那块空地顷刻变得狭小,参赛者人数众多,竟不下百人,身形几乎都是高大健硕。

洁白的柔道服,高大的男子,各色腰带映目,全场的气氛顿时变得热烈起来。

"小白呢?"悠言握紧Susan的手。

Susan捏了她一下,道:"我也在找,你的顾夜白到底在哪儿啊?"

"小虫,你有看见吗?"悠言又问。

猫女的"亲近关系"计划(上)

小虫苦笑:"言,实话说,我还不是很认得顾夜白的样子。"

众人笑倒。

林子晏笑道:"学妹啊,估计顾夜白早已被那些大块头淹没了。"

悠言瞪了林子晏一眼,越发紧张。

前排,掠过微哂的声音。

怀安?悠言抿抿唇,只看不理。

宣轩一看选手已到齐,朝评委席上几位师长点点头,道:"所有选手已出列,刚才提到的特设的比赛即将进行。为了让比赛更精彩,也为了让大家一睹上届冠军的风采,这一场,是由我们所有老师提出并一致通过的挑战赛,也即是倒决赛。"

寂静过后,热烈的掌声瞬间点燃。

"所有选手均可以向我们上届的冠军龙力提出挑战,但是,只有一位能上场与他进行比赛。选手们,大家谁有这个勇气站出来与咱们的黑带五段龙力一战,请出列并说出一个理由,我们的评委老师将会在你们之中挑选一位出来。"

"败了也是勇者,不负柔道精神,胜者——"虽然主持经验丰富,宣轩的声音也因心情激荡而微微颤抖。

"胜者怎么样?"全场热呼。

裁判席上,居中的评委站起,转身面向观众席鞠躬,笑道:"胜者,将成为本次比赛的无冕之王,不管他本来是黄、橙、绿、蓝、啡带的哪一级,都将以黑带五段的身份直接进入最后的总决赛!"

"有人可以胜过龙力吗?"小虫低声道。

"是啊,这评委说了等于白说。"Susan两手放到椅背,头枕了下去。

前后交谈的声音大了,就连林子晏和唐璜也在低声说着什么。

颤抖、奇异的感觉在心头闪过,悠言没有说话,只是定睛看着场中。

"噢,咱们的勇者出来了。"宣轩欢呼。

一个瘦高个子男生走出来,腰系黑色腰带,向宣轩点点头,又向观众席鞠躬行礼。

掌声、欢呼声顿起。

未几,又陆续有四个男生出列,三个啡带,一个黑带。

宣轩笑道:"我们今天的勇士都到齐了吗?还有没有人出来?这里面不是还有两个黑带高手吗?"

"我怎么感觉有点儿像拍卖?"悠言嘀咕,"黑带第一次,黑带第二次……"

林子晏耸耸肩,唐璜失笑。

"是啊,他不也是黑带吗?为什么不出去?"前排一个女生低声道。

怀安冷笑,道:"黑带也分段数,既然明知技不如人,何必出去被人奚落?"

Susan闻言翻翻白眼。

"好,既然如此——"宣轩刚要让出列者表述理由,声音陡然哽在喉中。

全场此时亦鸦雀无声。

一个男生从所有选手后面走出。

衣服雪白,黑发如缎,剑眉、细碎的刘海下,黑眸如

猫女的"亲近关系"计划(上)

墨,蕴星涵玉。

朝宣轩致意,男子向评委席嘉宾席欠身,最后,面向全场行鞠躬礼。

"他是谁?"

"快看,这个男生好帅!好酷!"

悠言倏地站起身,手掩住嘴,却遮不住激动的笑意,"珊,扶我一把,我快站不稳了,小白——"

旁边的Susan呆若木鸡,半晌,霍地站起,"这是……你的顾夜白?"

悠言用力点头。

Susan低叫:"得,小虫,你也扶我一下。"

旁边靳小虫怔住,也早红了脸颊。

"他是顾夜白?"

前排女生的惊叫声很快盖过她们的声音。

方影低笑道:"倒真是看走了眼,怀安,你说呢?"

半晌不见声息,方影奇怪,却见怀安怔怔看着场地,不知在看哪一个人还是其他。方影微诧,摇头轻笑。

林子晏旁边几个男生也吃惊不已,林子晏咬牙道:"没救了这些人,不就是一个帅哥,有必要这么吃惊吗?"

唐璜大笑。

此时,整个会场充斥着各种或诧异或激动的声音。

"这就是要挑战龙力的顾夜白?"

"咦,你们看,他腰上没有系腰带!"

不知是谁倒抽了口气喊出来,一下全场愕然。

悠言一颗心提到嗓子眼儿上,紧紧盯着场上的顾夜白。

深邃的眸似乎在她身上定了一下才移开。

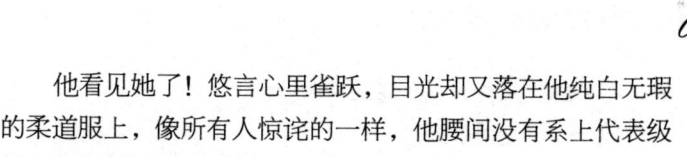

他看见她了！悠言心里雀跃，目光却又落在他纯白无瑕的柔道服上，像所有人惊诧的一样，他腰间没有系上代表级数或段位的腰带。

宣轩到底是见过场面的，面对观众席上一波又一波的质疑声，她赶紧道："同学，请问你的腰带呢？"

顾夜白看向她。

眸光交错，宣轩微红了脸，轻咳一声，迟疑了一下，又微微失声道："难道说你是新手？"

不是黑带、啡带，甚至连更低一级的级数也不是？这就是要挑战龙力的顾夜白？观众乃至或原地未动或出列挑战的选手都纷纷质询，一些男生涨红了脸，愤怒地看向那个始终沉默的男子，倒是不少女生悄悄侧过脸，不忍看他受辱。

"不是帅就有用。"

"他侮辱了这场比赛！"

嗤笑、轻谩的声音不绝于耳，怀安咬牙低下头，林子晏与唐璜交换了个眼色。悠言一言不发地凝视着顾夜白，Susan连扯了她数下，她都没有反应。

评委席，几个评委都很吃惊，整个体育馆越发喧闹轰动。

略沉的男声在台中央响起。

"顾夜白，你下去吧，我绝不会与一个白丁去战这一场，胜之不武！"龙力摇摇头，嘴角抹过讥诮，仿佛在嘲笑台下那个男子的可笑又可悲。

那双清澈的眸，自始至终笃定地看着他，顾夜白嘴角勾起清浅的弧。

突然，有什么从他的袖子滑下，站得最近的宣轩大吃一惊,手一颤,麦克风几乎滚落。

这一刻,全场寂静。

覆水难收。此时,所有的声音就像被什么席卷过,全数回收。

场上,那个英俊沉静的男子腰间已系上了腰带——全场唯一不同的颜色,红白腰带。

四周出奇的安静。

悠言坐下,一脸茫然。看了看两侧的朋友,一个比一个迷茫。

林子晏怔怔半天,咬牙切齿地问唐璜:"你说,顾夜白那小子的腰带是不是偷的?"

唐璜嘴角一抽,"你也赌他输?"

"当然!"

悠言不解地问道:"那个腰带?"

Susan和小虫一样疑惑,侧耳细听。

唐璜正待解说,方影转过身,轻声道:"在柔道的世界里,最至高无上的是红带,却是历时一生也未必可求,仅次于其下的就是这红白带,没有三四十年的修为,根本不可能达到这级别,像顾夜白这样的年纪拿到红白带,无异于传说吧。黑带遇上红白带,又算得什么?"

闻言,前后两排原本并不了解的人都大吃一惊。

前排几个女生悉数回头,看向悠言满脸艳羡,"你捡到一个宝。"

悠言心里喜悦又有些茫然,就像怀安说的,这样的他她可以拥有吗?

突然,众人又迅速调回视线。悠言赶紧往场上看去。

三个啡带,两个黑带,出列的五人均一语不发,只是有序地走到顾夜白面前,鞠了一躬,便退回域外众选手中。

干脆、利落,最简单却也是最虔诚的尊重。

全场气氛依然安静。

观众席和评委嘉宾席沉默了,场上,似乎连宣轩也暂忘了要说些什么。

缓步走到台下,顾夜白立定,看向垫子中央的龙力,后者一脸惊疑不定,神色透了些许阴鸷。

"可以吗?"顾夜白淡淡问。

良久,龙力颔首,沉声道:"请指教。"

顾夜白赤足踏上垫子,二人互相行了站姿礼,主裁判宣布比赛开始。

悠言迷惑,看着画面像流水一转一转过去,她不懂太多,恍惚间,只看见二人触上对方的衣衫、肘节,甚至还没看清楚,情势已经发生急剧变化,龙力被摔到地上,耳边只听得唐璜低喝了一个"狠"字。

全场热呼,几乎所有人都站了起来,欢呼声、掌声、叫喊声,体育馆似乎瞬间变得很渺小。

悠言再看时,只见顾夜白已将龙力逼压在地上,龙力肘颈均被勒住。她的位置靠前,可以看到龙力脸色涨红,英俊的面目变得狰狞,在嘶吼着什么。

那人却还是一脸的淡漠平静,似乎此刻他并不是在比赛。卸下眼镜的他俊美慑人,但那双瞳在看得真切的时候,却才知道是格外冷。

耳畔,林子晏冷笑道:"龙力那厮顽抗不了多久。"

猫女的"亲近关系"计划（上）

唐璜赞同地点点头："顾夜白用了狠劲儿，估计没怎么留手。"

她不懂，真的不懂，看上去那么沉静的他狠吗？似乎只要她唤一声，他便会回过头来对她轻轻一笑，那笑也许并不温暖却很顾夜白。

裁判、全场的人都在数数。

"Ippon（一本）！"

骤然听到主裁判洪亮的声音，瞬间，全场疯狂。

"原来这就是红白带！"

不知谁喊了出来，耳边声音响彻，人人眸光闪亮，脸上都是光彩，那是一种夺目的鲜艳，是亢奋到极点的喜悦。

Ippon，她兼修日语，日语学得再不好，这个词还是懂的：一本。

与林子晏同班的一个男生不知道问了什么，林子晏拊掌大笑，道："一本，就是胜过所有的有技、有效和效果，就是说……"

"这场比赛结束了！红白带完胜！"

拔高的响亮的声音从后面传来，悠言愣住，抬手擦了擦眼角。

评委离席，宣轩在说着什么，所有选手拥上台。Susan兴奋地搂住小虫，似乎早已忘掉她将输掉一顿价值不菲的哈根达斯。观众纷纷离座向场上拥去，似乎要沾染这一刻的喜悦。

一道目光穿透全场的激越向她凝来，"为什么偏偏是你？"

美丽的女孩，美丽的眸，却有几分凄凉。

冷冷一笑，怀安的身影迅速没入人群逆向而行。

繁复的感觉像潮水淹过身心，悠言也悄悄离了座。

林子晏和唐璜的声音在后面传来，似乎是在问她要去哪里。

体育馆外面阳光灿烂，悠言眼里的苦涩却无法蒸发在这夏日的温暖中。

体育馆里比赛还在继续——小组赛开始，林子晏和唐璜走出体育馆。

"路学妹走得很快。"林子晏笑道。

唐璜淡淡道："有一件事我不是很明白。"

林子晏瞥了唐璜一眼。

"顾夜白为什么会参赛？"

"据路透社消息，是为了筹集去庐山的经费。"

"路透社？"

"就是从路学妹那里透露来的。"

"敢情你们还经常交换消息。"

"掌握第一手资讯，这叫双赢，你到底懂不懂？"

"你与悠言走得近，小心顾夜白生气。只是，你这小子的醉翁之意……"

"我又不是因为Susan才与路学妹交好。"

"得，林子晏，你继续装。"

林子晏一笑，低声道："其实，顾夜白会参赛，我估计一来他是想还礼给那些欺侮过悠言的人，二来……"

"嗯？"

林子晏道："只有让别人知道顾夜白是怎样的一个人，那些人才不敢欺负他喜欢的女孩。"

猫女的"亲近关系"计划(上)

"他真的变了。"唐璜微叹。

"那天你没有看见,教学楼的告示栏贴了据说是悠言写给魏子健那浑蛋的情书,她被一群人围住嘲笑,顾夜白那眼神,我看见也觉得害怕。"

两个人背后,一只白皙美丽的手慢慢掀开覆住眉额的鸭舌帽,贝齿咬住樱唇。

"小姐?"旁边的中年男子神态恭敬,低声相询。

女孩的声音淡淡从红唇泻出。

"我要你替我办一件事,尽快办妥。"

……

悠言突然怔住,停下脚步,前面的树阴下,一个男生似笑非笑地看着她。

她奔了过去。

对方笑道:"他赢了不是很好吗?"

"迟大哥,你怎么知道?"

迟濮轻笑:"怎么,只能你做观众,你迟大哥就不行啊?"

"那你为什么出来了?"

"妹妹出来了,她的哥哥也只好出来了。"

"不对,怎么是你在我前面?"

"乌龟是用爬的,人是用走的,你说谁快?"

"臭迟濮!过几天你也要参加校园祭的音乐典,还到处乱跑,真让人不省心。"

迟濮一个栗暴敲下,"我来看龙力怎么死。"

"哥……"

拍拍悠言的肩,迟濮淡淡道:"还有魏子健,我等着

呢。"

悠言怔怔地看着迟濮。

"怎么洒金豆子了?"迟濮俯下腰,叹道。

"迟大哥,我该怎么办?"

"真是个傻妹妹头。"

迟濮长叹一声,伸臂把悠言环进怀中,一下一下抚着她的背,像小姨过世的时候,小小的她躲在他怀里哭的时候,轻轻安抚着她。

"哥,我的病你一定不能告诉顾夜白,不然我恨死你。"

迟濮点点头。突然只觉芒刺在背,眸光一扬,只见不远处一个男孩正冷冷地看着他们。

男孩容貌清俊,脸上的线条却过于冷硬。衣衫雪白,腰间红白间隔的花带在阳光下闪着耀目的光彩。

迟濮苦笑,道:"妹妹头,事情好像有点儿大条。"

悠言一愣,顺势在哥哥的衣服上擦掉眼泪鼻涕。

迟濮叹:"好吧,事情更加大条了,你擦完鼻涕没有,擦完赶紧走开,然后向后转。"

悠言越发不解,转过身,倏然惊呆了,体育馆前,一个男人负手而立,额上汗水未干,脸上看不出丝毫情绪。

"也许我不该这么早出来。"

顾夜白转身的时候,悠言的目光不自觉地投到地上,他甚至还赤着足就跑了出来,他是来找她吗?

"小白!"

循着那冷漠决然的身影,她大惊,追了过去。

原来,如果他不愿意的话,她无论如何也追不上他。悠

猫女的"亲近关系"计划(上)

言突然想起,那个雨天,那个两个人都失控了的雨天,并非她突如其来的勇气赢得了他,是他愿意停下来等她。

她长大了,迟大哥也是,迟大哥有了成嫒,而她也有了一个可以拥抱的人。时光美丽又残忍,尽管有些亲密永远不变,但有些事情也随着时间起了变化。她该忌讳的,她是傻瓜。

两个人的距离越来越远,她追不上他的脚步,隐约看见一些人走过来和他寒暄,有男有女,不知道说了什么,然后一起走。

今天以前,他还是平凡的他,他的社交也不多,他只是安静地生活着;今天以后,她知道,他的生活会有翻天覆地的变化。其实这样也好,起码他不再寂寞。

心里焦灼,她加快了脚步,追在他们后面。

突然,手机响了,打开一看,是Susan的来电,她赶紧按下接听。

"言,你哪儿去了?我好像看见顾夜白也出去了,你们现在在一起吗?"

悠言苦笑。

Susan听出丝端倪,急道:"怎么了?"

"没事。"悠言不想她担心,只道,"你和小虫去吃饭吧,不用等我了。"

Susan这才放下心来,笑道:"这点儿眼神我还是有的,不打扰了啊。"

通话结束已没了他的踪影,打他手机又关机。

她满校园乱晃,却找不到他。一路上,却引来很多目光,说不准那里面的含义,似乎比赛的结果已传遍每个角

落,她也因他而"出名"了吗?无论他去哪里,有一个地方他总是要回的。

把脸从膝盖上拔出来,悠言看了看窗外,天已经黑了。

中午就过来了,在这儿多久了?她掏出手机想看看时间,手机却没电自动关机了。两顿没吃,肚子很饿,忍着两腿的酸痛,她站起来凝向那仍然紧闭的门。末了,坐回梯级上,继续那持续了半天的姿势。

不知道过了多久,迷迷蒙蒙中有脚步声传来。

悠言一震,抬起头,楼道口,男子高大的身形现了出来,背包斜挎在肩上,两手随意地插在裤子两侧。

看到她,他似乎皱了一下眉。

他身上已换回平日的衣服,白色T恤,墨蓝色牛仔裤,白色跑鞋。最简单的服饰,没有那碍眼的眼镜,他帅得一塌糊涂。

揉了揉僵硬的腿,悠言赶紧站起来。

对方的目光淡淡扫过她。

"小白?"她迟疑地唤了他一声。

没有回应。被黑暗侵入的楼道,只有钥匙插入锁孔的细碎微响。她的心,仿佛被什么东西啃了一口。

男子侧身进了门,浑身气息安静冷凝。她一惊,伸手去抱他。

他甚至无须转身,背后像长了眼睛一般,身形微微一闪,她的手便连他的衣角也没碰触得上,门"砰"的一声关上了。

一扇门,隔开了他和她。

猫女的"亲近关系"计划(上)

轻轻靠到墙壁上,顾夜白嘴角划过嘲弄的笑意。即使在比赛,他的目光里始终有她。看到她走出,他立刻紧跟她而出。看到的却是什么?她在别人的怀里。两个人拥抱在一起,那么亲密契合,仿佛他才是那个局外的人。

告诉自己不过是什么误会,可是,她的动作告诉他,他所见到的是事实。她似乎哭过,原来,这世界上并不只他一个能让她安心依赖,在衣服上擦掉眼泪。那一刻,他只知道,心很冷。

她跟了他一路,后来却消失了踪影。为什么不继续纠缠下去?就那样轻易放弃了?

和系上几个同学一起吃饭,他们问,他答,冷静地回答任何一个问题。原来,伪装也可以很无瑕。

敲门的声音大了,伴随着的还有她的哭声,心有些疼。她曾告诉过他,心疼的时候,便像被什么虫子啃了一口。很奇怪的形容,是现在的滋味吗?

往墙上狠狠砸了一拳,皮破血绽,却抵不上心口的疼。

桌上搁了一包烟和一只打火机,他很少抽烟。烟酒有时是在让人失去冷静的时间里的消磨,他不需要,母亲和哥哥过世以后,他再也没有失去冷静的时候。

抽了根烟放进嘴里,很快又拿下狠狠折断了,快步奔到门前拉开了门。

门口空了,她已经不在。

顾夜白冷笑着摔上门,原来一切不过是自己好笑的自以为是,她根本就不在乎!

背包刚才便被随意地扔在沙发上,白色的柔道服和红白相间的腰带跌出。为她而系上的腰带,现在又有什么意义?

05 Chapter 第五章 校园祭大赛 Xiaoyuanji Dasai

在画架前坐下,调了颜料。

课下回来,他最常做的就是赶稿子。自从一个人涉入他的生活以后,兼职还在继续,但推了一家新杂志的邀约,他更愿意把时间花费在她身上。现在再次自己一个人。

自嘲地一笑,刚拿起画笔,电话响了。

那头,传来林子晏嘻嘻哈哈的声音,"带上悠言,咱们一道庆功去。"

"不去。"

林子晏顿了一下,又大笑:"好好好,哥明白,这个时候你该干吗就干吗。哈哈……"

挂掉电话,再次拿起画笔。

不知道过了多久,画架上的画几乎完成了,他冷冷一笑,撕掉了画纸,两小时的心力弹指间化为飞絮。

电话不合时宜地再次响起。

"我说,你们也太乐不思蜀了吧,两个人的手机都关了,言也不知会一声到底要不要回来过夜。"

清脆的女声,噼里啪啦一堆,他却很快抓出了一个重点:她没有回宿舍。Susan会打电话来,也就是说女生宿舍校禁的时间到了。

瞥了一眼挂钟,果然。

Susan还在说什么,他淡淡道了谢挂断了。

咬了咬牙,脚却已迈到了门口。他想去找她!是的,他想去找她!

打开门,却倏地怔住,倚在门口的那团小小的东西是什么?

"小白?"清水般的眸凝向他。

猫女的"亲近关系"计划(上)

"进来!"他沉声道。

她赶紧点点头,刚站起来又低低呜咽了一声,"腿,麻了。"

"我要关门了。"他冷冷道,压去搀扶她的念头。

她怯怯地看了他一眼,大眼里装满了控诉和委屈,跳着脚蹦进屋子。

他摔上门,道:"你不是走了吗?"

"我一直在这里啊。"她看了他一眼,仿佛他的问题很好笑。

他冷笑:"何必撒谎?"

"你刚才开过门对不对,发现我不在,你不高兴是不是?"她眼睛一亮。

他竟一时语塞。

揉了揉腿,她从门口蹦到沙发,试探着挨近了他,她的手臂与他的轻轻触上,她身上微凉。

他刚要走开,她肌肤的温度却硬生生地制止了他,耳边,她的声音很低,"我刚才只走开过一下,没有撒谎,真的只有一下下。我今天还没吃过东西,肚子饿,想下去买吃的。可是刚到楼下,我又折回来了,我怕你开门看不到我以为我走了。"

"你一整天没吃东西?"

怒气涌上他的心头,在意识到自己做了什么之前,他已紧紧地抓上她的肩膀。

"我和迟大哥……"

她哽咽的声音让他微微一震,终于要说了吗?该放开她的,手却像有着自己的意识似的粘贴在她身上。

"迟大哥真的只是哥哥。"悠言想跟顾夜白解释,话到嘴边却笨拙。

"与我无关。"他的声音漠然。

她心里酸涩,她宁愿他骂她,也不要他冷漠对待。想告诉他与迟大哥的关系,却害怕他发现迟濮与迟筝的关系。

她痴痴地看着他,他的眼睛是没有晕开的墨,这样的美,却越发清冽了。

脑里拼命搜索着能够用来解释的词语,"我懂事的时候就认识迟大哥了,家里父母都认识的。"

他的神色冷漠如初,她像被绞勒,不能呼吸。

"小白,只有你,我和迟大哥不会这样……"

不懂该怎么解释,她有些着急,眼泪也忍不住流了出来。

看她流泪,他的心瞬间开始疼痛。是的,他是在乎她的,那么就相信她吧,因为他喜欢她,就这么简单。

捧起她的脸,他缓缓伸出手揩去她眼底的泪,向门口走去。

"小白。"背后她的声音怯然。

"我去给你买吃的。"他淡淡道。

她明显一怔,好一会儿才大叫一声。

"如果我一直不开门,你要怎么办?"他突然想问她。

"我会敲门啊。"

"为什么不早点儿敲门?"他咬牙。

"我在等。"她的声音变得认真。

"等什么?"

"等校禁的时间到了再敲门,这样你就不能赶我走

猫女的"亲近关系"计划(上)

了。"怕他责怪,她说完,赶紧退了几步,偷偷打量他脸上的神情。

果然和预料的不差!他骂道:"笨蛋!"

可他偏偏爱上这样一个笨蛋。

"小白,咱们一起去买。"看他不似生气,她的胆子大了几分。

"不好。"

"为什么?"

"因为你饿了,我一个人走得比较快。"说着,他就跨出了门。

看着匆匆离去的他,悠言的心里觉得温暖,嘴角情不自禁地浮上一抹笑容。她显然是饿极了!看着她大口大口地吃,顾夜白再一次尝到心疼的滋味,该早点儿开门,她居然也等了一整天。他忍不住斥道:"慢点。"

"你吃不吃?"她舀了一勺子粥递到他嘴边。

"我不吃,你自己吃。"

她点点头,继续埋头吃饭,过了一会儿,又抬头道:"我吃光了,你可就没有了哦。"

"就你话多。"

悠言撇撇嘴,这男人买了三四个人份的食物,粥、粉、面,就差饭了,还有水饺包子什么的,知道她喜欢喝花花绿绿的东西,也买了一堆。

她心里一暖,抬眸一笑。

他的手伸过来,拉着她的小手,道:"吃饱没有?"

"嗯,我的肚子都圆鼓鼓了。"

他的手捏了捏她小巧的鼻子,冲她宠溺地一笑。

她偏着脑袋,忍不住问:"我重吗?"

"不重。"

"是不是还可以重一点儿?"

"嗯。"

"小白。"

"你说。"

"你以前练过柔道吗?"

"嗯。"

"你好像很厉害,以后我可不敢惹你不高兴了。"

他沉默了一会儿,道:"我师傅是个很厉害的人,但他很疼他的妻子。"

悠言一愣,随即乐翻:"顾夜白,我可以当你在暗示什么吗?"

"我没有。"

"你有。"

"真小气,你明明就有!对了,说说你师傅的事给我听吧。"她想多知道一些关于他的事情。

"我很小的时候就遇到他,他有一半的东瀛血统,是柔道和击剑的高手,他喜欢中国,也娶了中国的女子做妻子,就一直留在这里,后来……"

"后来怎么了?"她好奇。

"后来,日本老家那边有点儿事,就回去了。"他淡淡道。

宫泽家是日本的望族,他的师傅宫泽明祖辈是宫泽家的家臣,他曾受到师傅宫泽明的邀请到了一趟日本,遇见了宫泽静。只是,这些没必要告诉她。她只要简单快乐就好,再

猫女的"亲近关系"计划(上)

说,他与宫泽静之间已经是过去的事。

"如果有机会,我一定要见见你师傅。"

"为什么?"

"因为是你的师傅啊。"

"好。"他忍不住抓紧了她的手,单纯的想法,却让他想珍惜。

"小白,那个……你去做交换生要去多久?"

"两年。"

"哦。"她顿了一下,又小声问,"你还会回来吗?"

"会。"

"嗯。"她点点头,突然挣开他的手,站起来低声道,"我去洗澡了,明天你还得参加画艺比赛,不能晚睡。"

他心里一紧,她一直在意这件事。平日她会向他撒娇,但她却从不多问这件事。一次,他突然生了丝好奇,上网查了查给她的银行卡,发现里面的钱没少反多了。查了时间,知道她把她的钱一点儿一点儿存进去,她一直在打零工做兼职。她曾说过,那上面的钱不能动,要给他到意大利当生活费用。

如果并非为一次又一次她为他做的那些小小的事,也许他不会在看到她在别人的怀抱后如此愤怒。

他呼吸一窒,猛地站起来,把她紧紧拥进怀里,"你和我一起去。"

闲暇时,他会想,让她等他两年?现在,他想他知道了。他不愿意,一点儿也不。

悠言浑身颤抖,"我可以吗?"

"可以。"

他的声音很轻,她哭了。

闪耀夺目的他,她可以拥有吗?无法掌握自己的命运的她,可以给吗?她不知道,这一刻不想去想。第一次有了一点儿笃定和期盼,因为他说她可以。

她想,从现在开始,她可以每天存下一点儿勇气,到贮满那一天就把有关她的一切告诉他。他这么聪明,一定知道怎么办,他一定会想出让两个人可以在一起很久很久的方法。

一场误会,似乎把二人拉得更紧了一点儿。因为害怕失去,因为不想再自己一个人,不管她还是他。

漆黑的夜,寂静却安心。

躺在他的身边,有关将来的隐患暂时不想,悠言便开始满脑子想顾夜白比赛的事情。

"怎么不睡,还是说你想让我失眠好等魏子健赢?"

悠言笑翻,难得这别扭的男人也会开这样的玩笑。

过了好一会儿,悠言才止住笑,正色道:"明天是画艺赛,你参加四项比赛,时间不会重了吗?"

"四项不会重了,五项或以上才重了,不然我为什么不全参加?"

悠言初时听不明白,半会儿恍悟过来,道:"顾夜白,你真行啊!"

"你真的有把握六项拿下?"她惊讶。

"没有,睡觉。"

悠言点点头:"我就说嘛,你这样已经很不是人了。"

如果他说六项他都有把握,那在她眼中他成了什么?顾

猫女的"亲近关系"计划(上)

夜白嘴角的弧度深了。

"你跟我说一下赛程,我怕自己记混了,到时漏看了。"

说完,她打了个哈欠。顾夜白微微沉了声:"困还不快睡?看不看也一样。"

"不成!我不看,万一你输了怎么办?"

敢情只要她去看,他就一定会赢。顾夜白失笑,在女人耳边轻声道:"明天上午是画艺赛,一场定名次;下午是柔道赛的小组赛,按级段分组,将决出各组冠军,然后是越级赛,战胜的会与我在后天进行总决赛,击剑我只参加了重剑,大后天进行小组赛,两天后总决赛,而电脑编程的比赛则在各项比赛完结以后。"

"嗯。"

"言?"

回答他的只有细细的吹息声。

*****

翌日。

没有人想到画艺大赛的形式会是这样,场上七十多个参赛者,七十多副画具,却有两倍的椅子。当主持人宣布比赛时间和规则之后,全场立刻乱了套,因为所有参赛者都下场找素材去,严格来说,是抓人去了。

比赛的内容很简单,以场上任何一位观众作为模特,素描还是色彩不拘,却要求写实,在写实中又以意境取胜,被选中的人得全力配合。

人仰马翻中,唐璜看到林子晏的表情,笑个半死,道:

第五章 校园祭大赛

"后悔不参加了?"

林子晏一双眼尽往前排Susan身上瞟。

Susan却正急得团团转,因为旁边的位子一直空着。规则宣读完,比赛开始了,路悠言却还人影不见,手机还是关机。明明昨晚他们在一起,现在顾夜白已在台上,悠言却不见了!

小虫劝道:"你别担心,如果她有事,顾夜白怎么会在这儿呢?"

Susan一想也有道理,却见旁边的过道上走出两个熟悉的身影。Susan冷笑,小虫奇怪,抬眸看去,脸色却顿时白了。

怀安和魏子健,魏子健选了怀安做他的模特。

有人过来邀请Susan,Susan秀眉一蹙,道:"抱歉,我今天有点儿不舒服。"

来者为昭显绅士风度,只好忍痛割爱。

Susan调皮一笑,絮絮的声音传来,却是旁边几个女生的窃语,说的是顾夜白。她的好奇心顿起,竖起了耳朵。

"你们说,这一场是魏子健胜还是顾夜白胜?"

"难说。经过柔道大赛,我是不敢乱猜了。"

"我倒希望顾夜白赢,想不到我们学校还有这号人物。"

"是啊,这男生似乎很神秘,但真是酷,你们有没有看昨天那场比赛……"

隔壁宿舍一个女生扯扯Susan,低声道:"学校的BBS(网络论坛)都快爆炸了,都是昨天比赛的帖子和顾夜白的照片,甚至开始有人猜他能拿下多少项比赛的冠军。"

Susan想了想,道:"还多少项,估计没这么玄乎吧,你

猫女的"亲近关系"计划（上）

说是吧，小虫？"

半天不见回应，Susan奇怪，却见靳小虫低下头，神情有点儿黯然。

"小虫？"

小虫微微一震，抬起头，笑道："可不是，这场比赛估计赢的还是魏学长。"

"我想顾学长拿第一。"

天外飞来一句，Susan等人一愣，却是后排几个男女生在低声议论。

"姑娘们，比赛开始了。"背后，唐璜笑道。

"为什么他不选模特？"观众席上有人惊呼出来，此起彼伏的议论声随即越来越大。

"他这是要标新立异吗？以为经过昨天的比赛就很了不起？"同系一个男生讽道。

林子晏与唐璜对望一眼，往台上望去，参赛者中，有一个人没有选模特。

顾夜白。

台上主持人走到顾夜白旁边，低声咨询起来。

魏子健的位置离顾夜白并不远，他不屑地一笑，坐在一旁的怀安却担忧地看了过去，他顿时心头火起。

末了，在所有人的疑惑中，主持人跑向评判席。

"怎么回事？"出声的是张教授。

主持人道："各位老师好，这位同学说，他不需要模特，请问这可以吗？"

张教授微一沉吟，道："老夏，这是你的学生，你看……"

夏教授微微皱眉,旁人或许不知道,但以他对顾夜白的了解,拿下这场比赛决计不是问题。他实在想不明白他这个学生为什么要做这出格的事情。

"大家怎么说?"

几个教授迅速交换了意见,其中一个教授笑道:"形式是死的,人是活的,我认为无妨。"

"我也赞成。夏老带出来的学生想必资质不凡,这参照物也免了,想已是成竹在胸。"一个人悠悠开口,语气却带了几分讽刺。

这位青教授素来与夏教授交恶,其他几个人正为难,夏教授却笑道:"那就按各位的意思办吧,主持人,请宣布比赛开始。"

那主持人松了口气,挤出点儿职业笑容,宣布比赛开始。

两个人是多年朋友,张教授看了夏教授一眼,夏教授微微苦笑,说实话,这场比赛现在他心里也没了底。

人的记忆再牢固,不免有退色的时候。画,最初的目的就是将这大自然中的一切,用最真实的笔触记录下来,所以,此次校园祭的比赛他们一致商定,在写实中求意蕴定高下。可是,顾夜白连模特也没有,这第一步已输了。

苦笑之余,夏教授望向场中那个古怪的学生,却碰上很多目光,所有人都在关注这个男生。他心里不免有些许失望,柔道大赛的事他已听闻,惊喜之余现在却是失望。如果顾夜白是借此来吸引别人的注意,那便枉费他当日收他为徒的一番苦心。

忍不住又看了顾夜白一眼,他却已低头在画架上勾勒起

猫女的"亲近关系"计划（上）

来。距离有些远，无法看见他的神情，但他给人的感觉，却极其专注沉静。

夏教授突然紧张起来，他很想知道，这个神秘而又古怪的男生到底会交出怎样一幅作品。

……

拼命跑过长长的校道，悠言想，她要疯了！那人怎能这样可恶！明明告诉过他，他的比赛她一场也不想落，一场也不能落。现在比赛已经过了两个小时，什么都画完了。

顾夜白这家伙故意的！

嫌疑一，他早上起来的动作就很轻。

嫌疑二，他有亲她的额头，动作也很轻。

嫌疑三，蒙眬中，似乎看到他亲了她以后就皱了眉，并用手探了探她的额，动作还是该死的轻。

嫌疑四，他随手套了件T恤，就快步走到厅外，关门的声音不必说，也是很轻。

嫌疑五，他回来了，把她扶起来，给她灌了碗类似白粥的液体，又将一枚苦苦的东西塞进她嘴里。那东西悠言本想吐出来，却一不小心给吞了下去，然后她就睡到现在才爬起来。

她大为恼火，正要一脚踹开赛场大门，门口两个类似工作人员的男生，目瞪口呆地看着她，她只好作罢。

其中一个男生做了个噤声的动作，替她开了门。

她放轻脚步，却仍惊扰了里面的一些人，一些目光落在她的身上，她无心去理，向场上搜索，幸好还赶得上，只是他怎么没有模特？

"快看，她就是外语系的路悠言。"

"她是谁啊?"

"顾夜白的女朋友。"

听到这话,悠言赶紧低头,想寻个位置,手却突然被人拉住。

一看,却是Susan。

Susan低吼:"我回头找你算账!还不快跟我来!在这儿被人当猴子耍好看吗?"

二人沿着靠墙的过道走回座位,才刚坐下,场上主持已拿过麦克风,笑道:"时间到,比赛结束!各位模特请留步。"

Susan道:"你怎么现在才来?"

除了小虫还垂着头,相邻的同系女生都饶有兴味地探了脑袋过来。

悠言气恼,这家伙每次喜欢揶揄她,明知道不是这样的。

背后,唐璜和林子晏好奇,问道:"你们在说什么?"

悠言哪肯回答。

旁边一个女生小声道:"悠言,说说你与顾夜白的事吧?"这八卦又恼人的问题,悠言假装没听见,赶紧整了整领子。

突然,Susan扯了她一下,"快看!"

主持人道:"现在是评分时间,请各位评委老师离座进场。"

片刻间,全场肃静下来,每一个人都屏息凝神,所有目光巡视在魏子健与顾夜白之间,似乎悬念只在这二人中诞生。谁都没有忘记顾夜白曾说过的话。

猫女的"亲近关系"计划(上)

靠近末排,一双眼睛讳莫如深地盯着场中。如果有人注意,那么会发现这人正是昨日败在顾夜白手下的上届柔道之王,黑带龙力。

而最末一排,鸭舌帽缓缓拉开,秀美的女孩淡淡往悠言的方向扫了一眼,目光才回到场上。

……

"现在是评委老师们打分的时间,即场评分,时间在四十到六十分钟之内,大家可以离场稍作休息。"台上,主持人躬身道。

会场里,却没有多少人走出去。即使有,也只是出去一下,很快就折了回来。

身旁的人,Susan、相识的女生、后排的林子晏和唐璜乃至整个大礼堂,所有人都在低声交谈着什么。悠言却没有出声,总觉得有人在背后打量着她,往后一看,又并无所获,都是黑压压的人头,遂没再多想,只凝神去看他。

这次不比之前拿的好位置,他又坐在后面,距离似乎便一下子拉远了,只能模糊地看见他凝视着画架。他看见她了吗?

头有点儿疼痛,闭上眼睛,等时间过去。

突然,一只手触上她的额,声音有丝担忧,"言,你是不是发烧了?"

"发烧?"她睁开眼睛。

Susan叹了口气:"算我白问,我不该问你。"

"不问我问谁?"

Susan妩媚一笑,随即狠狠捏住她鼻子。

"你管我!我就说,他把你藏到哪里去了,原来是没有

叫醒你。"

两个人笑闹了几句,却见小虫紧张地看着台上,两个人赶紧往赛场看去。

评委们站在一个参赛者的画前,看模特看画。

台上那美丽风情的女生是怀安!悠言心里一紧,现在在看魏子健的画!

所有人都全神贯注地看着,就连林子晏和唐瑾也停止了交谈。

很快,评委们就接着去看下一组,似乎已打了分。

悠言看得疑惑,Susan附嘴到她耳边道:"看来这姓魏的得分很高。"

"为什么?"

Susan冷笑:"你看他那副表情。"

悠言低声道:"珊,他一定会胜过魏子健。"

Susan一怔,末了,低笑道:"倒忘了你就是个行家,可他没有用模特,这是不争的事实。"

悠言紧紧握住手,时间一分一秒地过去。

终于,所有的评委在顾夜白面前停下,场中很多人甚至站了起来,台上这时却起了一阵骚乱,悠言愣住,顾夜白在所有人的注视中,从赛场上走了下来!

有人倒抽了一口气,顾夜白在路悠言面前停了下来。

所有人都吃了一惊,包括悠言,她怔怔地看着站在她面前的顾夜白。

他微微俯腰,轻声道:"跟我来。"

悠言还在发怔,直到Susan推了她一下,她才恍悟过来。

她赶紧站起来,在无数惊奇艳羡的目光中,跟在顾夜白

猫女的"亲近关系"计划(上)

背后。

Susan含笑看着二人,隔壁宿舍的女生低声道:"原来近看顾夜白是这个样子,Susan,我嫉妒你。"

"……"

"你经常与悠言在一起,还愁见不着顾夜白吗?"

这是哪门子逻辑?Susan满脸疑问。

距离赛场还有几步,顾夜白停下脚步,悠言快步走上去。没有交谈,甚至连目光也没有接触,心里却那么宁静,似乎可以这样一直走下去。

悠言轻轻一笑,只听得顾夜白向所有评委道:"她就是我的模特。"

声音不大,却清晰有力,巨大的喜悦从悠言心底慢慢流向身体的每一个角落,他画的是她?她没有在现场,他却画了她!

复杂的视线戳到她身上。她知道,所有人都在看着他们。心底如湖水般平静,因为他就在她身旁。

画架被工作人员轻轻移过,他的画被展现在所有人面前。

张扬夺目的水彩。

夕阳如轮,光辉染红了所有景物,繁茂的树木,独自觅食的鸟,喧闹的寝室。夕阳下,长裙女孩的眼眸笑成弯月,在她前面,还有另外一道高大的影子,拢在她的身影上。

★★★★★

外语系女生宿舍。

夜深了,寝室却仍旧喧闹。

第五章 校园祭大赛

三个女生还围在电脑前又叫又笑,深吸了一口气,怀安把书推了,踱步到她们背后。

"怀安,别看书了,这儿精彩。"坐在电脑前正中位子的女生格外兴奋,其他两个女生咯咯笑着拖动鼠标。

确实精彩,怀安自嘲一笑,学校BBS的帖子,一行红色大字醒目。

"画艺大赛美术系二年级学生顾夜白折桂!超满分完胜,破历届校祭纪录!"

校园祭第一项比赛的冠军出来了!满眼的帖子,有些帖子甚至被跟到千条以上,怪不得晚修走回来的时候,听到很多人说学校的论坛都快被挤爆了。

几个女生越来越兴奋,怀安的笑却越发酸痛苦涩。

他的画也被人用手机拍出来,放在论坛上。那个女生在他的画里,一颦一笑,极尽奢华。明明那路悠言从来就不美,但当画架旋转了一个弧度,那幅画在所有人面前展现的时候,夺去了场上任何一个人的目光。那夺目的色彩,仿佛把世间所有的光芒都堆砌在她身上。

"快看!"有人低叫。

怀安看去,刷新了的留言,有人详细解析了他在画中所运用到的技巧,末了,那发帖者总结说,他把美术里所有能用的技巧都用在了这一幅水彩上。

为什么这样用心,一个人值得你费这样的心思来对待,把所有的美都赠给她。顾夜白,我真的恨你。

握在椅子的指一紧,指甲折弯。怀安狠狠咬下唇瓣。

超满分,什么叫做超满分,已经满分了还能再超吗,发帖的人根本就不会表述,可是确实存在了这样的一个荣耀。

181

猫女的"亲近关系"计划（上）

六位评委，每人手握五分，三十分满分。魏子健拿下全场二十七分的高分，三位教授给了满分，你却拿走了三十三分！

除去三十分满分以外，其中，三名主评委手中还握有极具神秘感的三分，技巧、创意和美感。这么多年的校园祭，从来没有人在画艺大赛中把那三分一起拿走过。

耳边交谈的声音，也说到这里。

一个女生道："谁会想到顾夜白画里还藏了这样的巧妙。"

其他二人立刻附和，怀安再也无法忍受，咬牙一笑，道："你们先聊吧，我还有些题没做。"

"怀安，就你扫兴，去吧。"几个人又笑作一团。

回到自己的桌上，习题却再也装不进脑袋，怀安狠狠闭上眼睛，思绪恍惚间却偏偏回到白天的赛场。

那时，包括张教授在内的两名主评委，把美感和技巧的额外分给了顾夜白，整个礼堂竟隐隐给人一种战场蓄势待发之感，所有人都看向夏教授，最后一个额外分创意便在他的手中。

夏教授微微一笑，道："加分。"

欢呼声顿时弥漫了整个大礼堂。

青教授却冷笑道："夏老，这创意，请恕我眼拙。"

青教授与夏教授有嫌隙，是大家熟知的事情，气氛一下变得剑拔弩张的尴尬。

"老夏，这画还有什么特别之处吗？"张教授与夏教授交好，仔细浏览了那幅画一下，微一沉吟，还是出了声。

主持人悄悄擦了擦额头，对着观众笑了笑，赶紧把麦克风交给夏教授。

夏教授道:"各位,这画按大家说共画了几人?"

一个教授看了悠言一眼,道:"老夏,你这话怎么说?除了这个小姑娘,画里还有人吗?"

悠言脸上一红,后退了一步,与顾夜白的距离不觉近了,两个人的身体微微碰触。

所有人都在凝神那幅画,怀安站在侧方看得真切,悠言的手悄悄放到背后,却被顾夜白伸手握住了。

画纸上,一个人,两抹身影,夏教授屈指轻敲到画上另外一抹影子上。

青教授眼里划过讽刺,道:"夏老要把这影子算作一个人也无妨,只是这也不算特别吧?"

夏教授一笑,道:"这另外一个人,并不只是一抹影,他是实实在在被画进画里了。"

此话一出,众人大惊。

"小顾,画是你画的,就由你来说吧。"看了自己的学生一眼,夏教授笑道,赛前所有担忧和疑虑早已一扫而空。

悠言一惊,背后小手挣脱了。

"是。"顾夜白微微欠身,走到画前。

这时礼堂上再也没有了坐着的观众。

★★★★★

北二栋宿舍。

悠言醉颜酡红,顾夜白眸光微暗。

"小白,我高兴,我还要喝一点儿。"

顾夜白苦笑,说过不让她喝的,悠言一碰酒就醉。

猫女的"亲近关系"计划(上)

靠在顾夜白的肩上,悠言的意识开始模糊,唇角却仍微微弯着——想起赛场上他的画。

夏教授很厉害,看出来了,那画里其实不止一个人,画中女孩的眼睛里,映着一个人的影像,只是,必须仔细去看才能发现。

谁也想不到,他把他自己藏在她的眼眸里,不然,夕阳如画,她笑靥明艳,又是为了谁。

Susan拊掌笑道:"言,你醉了。"

林子晏皱眉:"你也醉了。"

"我没有。"

Susan不耐烦地挥着手,身子突然一歪。

林子晏叹了口气,伸手将她扶到沙发上坐下。

三个男生却仍然清醒,又干了几杯。

唐璜道:"庆功也庆过了,接下来的问题该怎么解决?"

"她们醉成这个样子,送她们回去,让人看见了不好。"顾夜白道,"我的房间让她们睡,我们三个就在厅里将就一晚好了。"

唐璜笑道:"现在整个G大都知道悠言是你顾夜白的女朋友,倒是Susan……"

林子晏道:"唐璜,你不是想打Susan主意吧?"

唐璜和顾夜白两个人交换了个眼色,唐璜大笑。

安顿好两个女生,三个人走到阳台。

林子晏看了顾夜白一眼,问道:"顾夜白,爱情什么滋味?"

唐璜笑道:"我也想问你。"

第五章 校园祭大赛

看着两个满脸好奇的人,顾夜白唇角微勾,"如人饮水。"

……

林子晏和唐璜各据沙发一隅,顾夜白便拉了把椅子在桌上浅寐。

睡到半夜,却听到房间传来细微的声响。苗条的身影蹑手蹑脚走到厅上,从桌上拿了什么东西,随即打开门出了屋子。

顾夜白微微拧眉,走到沙发旁边拍了拍林子晏。林子晏睡梦正酣,低吼道:"谁打老子?"

顾夜白道:"Susan出去了,赶快跟着,现在太晚了,虽说在学校也不安全。"

林子晏倏地惊醒,所有睡意全跑光。

追到楼下,却不见Susan踪影。他稳了稳心神,沿着林荫道慢慢走,警惕地搜寻着两侧的树丛,走到湖心亭边,却听到轻轻的抽泣声传来。

他心里疑虑,拐了进去。远远看见亭子中似乎坐了一个人。湖边小灯很暗,只约摸看见是女生的身段,一头长发披散在肩。

走近了,"请问……"

"谁?"

对方显然受了惊吓,出声警戒,但那声音松软,听去倒有七分无力三分妩媚。

林子晏心头狂喜,嘴上却骂道:"三更半夜不睡,你跑来这里装鬼吓人。"

"林子晏?"Susan慢慢站了起来,她身体不稳,又向石

猫女的"亲近关系"计划(上)

椅跌了去。

林子晏低咒,连忙把她抱进怀里。

"你放开。"

她用力推他,无法挣脱,又往他腿上踢去。

林子晏光顾着护住Susan,哪里留意这一下,腿上吃痛,怕她跌倒,又不敢放手,咬牙道:"你这人怎么能这样?"

"能怎样啊?"

Susan说着伸手往桌上摸去,林子晏却先她一步按住她的手,察觉到桌上的东西,他皱眉问道:"到底发生了什么事?"

"子晏,你可不可以走开,我想自己在这里待一下。"

林子晏冷笑:"好让你喝得烂醉如泥,一个不慎让这湖里多一个醉鬼?"

Susan咬牙,狠狠赏了他一拳。

林子晏也不去躲,生生受了。Susan正伤心,加上几分酒意,一恼,又往林子晏身上打去,听得他闷哼一声,顿时愣住。

"怎么,不打了吗,不打就跟我回去!"林子晏沉声道。

他出生在高干家庭,家境优裕,哪里受过这样的气?

半晌,听不见任何声响,正疑虑,细浅的哽咽却在耳边响起。他心里一慌,紧紧握住Susan的手,平日嬉笑怒骂,偏偏这时说不出半句话来哄她。

轻叹一声,把她紧紧拥进怀里,"你别哭,我让你打就是了。"

Susan终于忍不住破涕为笑,"我打你做什么!"

林子晏悻悻地笑,末了,低声问:"不恼了?"

他这样一说,Susan顿觉自己无理,低声道:"子晏,对不起。"

她叫他子晏,并非林子晏。林子晏这时才醒悟过来,似乎她刚才也这样唤了他一声。把姓氏去掉,平白多了几分亲近之意。他哑然失笑,要让父母听见,大抵会把他的耳朵给拧掉。

原来,有一个人可以这样动辄让你快乐。

什么滋味?那个问题的答案就是这样吗?确实如人饮水。

Susan半晌不见林子晏放开她,只觉他把自己搂得越发紧了。除了方影,她没有和哪一个男人这样亲近过。

酒意已下去了几分,她推了推林子晏,"放手。"

微恼的声音突然响起,林子晏猛然回过神来,他虽然十分不愿意放手,但怕她不喜欢,只好慢慢松手,"你自己能站稳吗?"

Susan心里有些不安。尽管两个人见面总是拌嘴多,但直觉认为林子晏对自己很好。因为泳池的事?

"嗯。"她坐到石椅上,从桌上拿起一罐啤酒,开了,连喝了几口,出来的时候,从顾夜白宿舍里带了好些酒。

"别喝了!"林子晏在她身旁坐下,伸手就去抢她手上的酒。

"如果你不能陪我喝,你就走,还是说你想我揍你?"她的声音,因为疲惫微醺,在黑暗里听去越发沙哑娇媚。

林子晏自嘲地一笑:"原来我还有点儿用处,可以当陪酒的用。"

猫女的"亲近关系"计划(上)

虽然知道Susan性子倔,但她半夜突然出走,事情不小,他哪敢就这样走了。知道?他们认识多久了?他怎么就知道了!唇角的嘲弄更深。

她说,如果不能陪她就走。他注定无法抽身,那还能怎样?只好相陪,哪怕到最后落寞的是自己。随手从桌上拿了一罐啤酒,打开来灌了几口。两个人静静喝酒,也不说话。最后,林子晏终于忍不住,说:"告诉我。"

"林子晏,你喝酒,问什么?"Susan低斥,又低低地笑了。"是因为他吗?"林子晏合上眼睛,微微冷笑。心里却在想,这个问题自己确实问得不高明。

不愿意提起他,只是他实在无法忍受现在的沉寂。Susan没有吱声,在桌上摸了一只瓶子……啤酒麻痹不了神经,还是这白干好。连连灌了几口。如果不是他的电话,现在她还在酣睡中吧,既然打电话给她,为什么偏偏要让她听到那个女生的声音。

方影,今天是你的生日。

泪水沿着脸颊簌簌而下,又猛灌了几口。

刚才在房间里,扭亮了小灯,见悠言唇角带笑,美梦正好,自己不忍心惊扰她,泪流满面的狼狈,除了走开还能怎样?这玩意儿真好,几口下肚已经把疼痛的神经烧得昏沉。又喝了几口,胃像火烧一般难受,她终于忍不住呻吟了一声,微微弯下身子。

林子晏一惊,睁开眼睛,虽是啤酒也不该由着她喝,他连忙扶住她,却闻到她身上的酒气极烈。他就着昏暗的灯光,扫了一眼她手上的东西,一看之下怒火腾地升起,劈手把她的酒瓶抢过,斥道:"你疯了,这酒是我特意带给顾夜

白的,度数高,你根本就不能喝,你要死,倒不如我把你推进这湖里来得干脆!"

"你推吧,只是能不能到荷塘再推,我喜欢荷花。"Susan咯咯一笑,身子一斜,差点儿没跌出栏杆。

林子晏被她吓着了,怒不得气不得,把酒瓶往地上一摔,当作解气。

Susan头疼欲裂,伸出手胡乱往空中捉去,"还给我。"

林子晏大怒,揽着她坐回石椅,将她的身子狠狠拥在自己怀里,省得她再添乱。

喷薄的酒气涌上咽喉,Susan捂住胸口,哽咽道:"我难受。"

林子晏恶狠狠道:"你别吐,不然我跟你没完。"

"吐,嗯,我想吐。"

"是别吐!"林子晏咬牙。

有什么东西滑过他的手,柔软滑腻。林子晏微微一震,把她那不安分的手包进自己的手。

女人却握住他的手,放到自己胸口上,委屈道:"难受,你帮我。"

林子晏的脑袋顿时一片空白,只闪过四个字:天要亡我!最终他天人交战了好一会儿,才咬牙把她的手扯下。

她迷迷糊糊地似乎在说着什么,听去隐约是方影的名字。

"非他不可吗?"他低声道,话出口却觉得苦涩的味道一点儿一点儿浸进嘴里。

"方影。"

她的声音突然大了起来。

猫女的"亲近关系"计划（上）

"喜欢他就和他一起啊，他不也喜欢你吗？既然都喜欢就在一起啊。"他苦涩地一笑，"搞什么？"

颈侧窜进一阵凉意，似乎有什么滴进颈项。

他意识到什么，抬手一摸她的脸，手心一片湿润。

他苦笑："我不说总行了吧？"

"方影，生日快乐。"

她又低囔了一句，他一怔，今天是那人的生日？他心里疼痛，真想不管她算了。她却往她怀里一缩，风有点儿凉。他还能做什么，只能一边听她喊着别人的名字，一边把她搂紧点儿。

顾夜白、唐璜，甚至连悠言那笨蛋都说他喜欢她，难道真的是这样吗？就因为泳池边那个甚至算不得吻的渡气？

"这里凉，咱们回去吧。"

终于将这句不情愿的话说出口，她不断往他怀里缩，六月末的夜还会凉，心也会冷。脑子里有个可耻的念头，想在这里待久一点儿，就他与她两个人。最终，怕她着凉的心还是占了上风。

背上她走上林阴道，四周是黑压压的树木。

"就连我妈我也没这样服侍过。"林子晏自言自语道。

她突然身子一动，赏了他一拳，他咬牙，"你想打我直接说，不必恃酒行凶，就当我上辈子欠了你的！"

"你为什么要和她在一起，不要我？"

背后，她哭音清晰。

他吃了一惊，突然不敢再说什么，只把她的臀往上托了托，继续往前走。

她说的是方影？可方影喜欢她不是吗？为什么？

想了想,叹道:"你想打就打吧,我这次是说真的。"

背后又湿又热,她在哭?

把她放下,她酒意仍浓,站立不稳,在她跌倒前,他把她扶住,道:"不要他了,好不好?他配不上你。"

声音有些粗哑,他自己听了也不禁微微苦笑。

Susan哽咽道:"不要?不要什么?"

林子晏以为Susan清醒了点儿,听上去却依旧迷糊,只好又把她背起。她确实醉了,不然怎会对他说出这样的心事。

"Susan,回去好好睡一觉,Tomorrow is another day(明天是新的一天),你们外语系不是总爱说这句酸溜溜的话吗?"

"回哪儿去?"

"从哪儿出就回哪儿。"

"不回去。"她有些急了。

林子晏决定不理会,背上的人却不合作,手脚又招呼到他身上来,他低吼道:"Susan,你到底真醉还是假醉,打死我你就好受了?"

"那个谁,你不是说让我打吗?"

林子晏一愣,难道Susan还是有选择性的醉。

背后的手脚继续不安分,"我不回去,不能让言看到,我不回去!"

背上又生生受了几下。

"好吧,那就依你,不回去。"林子晏有些气恼地说。

××旅馆。

抬头看看门口镶红裹绿的字,林子晏吞了口唾沫,走了

猫女的"亲近关系"计划(上)

进去。

"一晚。"

柜台里是个矮小的老头,瞥了他一眼,又往他背后看去。林子晏脸色一红,心里苦笑,好人不好做啊。这时,一个年轻女人从里面走了出来,看见他们眼皮也不翻一下,"身份证,押金三百块。"

"能不能帮我扶一下?"林子晏一笑,向那女人道。

那女人从柜台走出来,林子晏将Susan放下,女人随手一抓,Susan低吟了声,林子晏皱眉,"小心点,你弄疼她了。"

女人一声冷哼。林子晏心疼,钱也顾不得去掏了,把Susan抱回自己怀里,看了看四周,又将她抱放到旁边一张沙发上。"倒看不出。"那女人淡淡看了他一眼,道。

林子晏掏钱夹,摸了好一会儿,才猛然想起钱包和手机都一并留在顾夜白那里了。

只好走到Susan身边,轻轻拍了拍她的脸,低声道:"你的钱夹和身份证带出来了吗?"

Susan慢慢睁眼,呆呆望了他一下,又合上。

林子晏苦笑。

"倒看不出。"这次发话的是那老头。

丢人到这份上已管不了那么多了,林子晏咬咬牙,一不做,二不休,伸手往Susan裤子的口袋摸去。

从里面拣出几张纸钞和身份证往那老头手上一塞,也不管对方看完没有,将身份证和钥匙往他手上挑起,跑回沙发把人一扛,逃也似的往二楼奔去。

"现在的年轻人哪。"老头的声音从后面传来。

林子晏知道老头是怎么想的，懒得理会，继续上楼。

旅馆虽小，里面却甚是整洁。

把Susan往床上一掼，林子晏坐到床沿直喘气。

"都是你，我的脸给丢光了！"屈起手指，想往她额上狠狠一弹。

灯光映在她美丽的脸上，长长的睫毛投下淡淡的阴影。

手僵在半空。她的五官其实算不得精致，但整合在一起很好看，那是一种流光溢彩的美，林子晏微微颤抖又小心翼翼地抚上她的脸颊。心头剧跳，他不敢再看，连忙撒手，关了灯走开，她却拽住他的手。脚步再也跨不过去，又坐了下来。

她轻轻偎进他的怀里，低声道："为什么要那样对我？"

他只是苦笑，手轻轻地抚上她的发。

她哽咽着，脸挨上他的脸一下一下摩挲。像羽毛轻挠过他的肌肤，痒痒的一下一下搔上他的心。

他忍不住捧起她的脸，颤抖着吻上她的眼睑。

她的呼吸微促，仰起脸，嘴唇不经意擦过他的脸。

林子晏的理智一下跑光，狠狠吻住她，心里的疼痛和喷薄的热烈再也控制不住。

没想到她突然说："方影，你为什么还要招惹我？"

林子晏浑身一震，原来她以为他是"他"，她似乎恨着那个人，那个人身边似乎有人，她却始终惦记着他。她醉了，林子晏，你却清醒着，你要这样占她的便宜吗？

想将灯扭亮，学故事里的情节对她说，你看清楚我是谁，终究做不到。扶她躺好，盖上被子。

193

猫女的"亲近关系"计划(上)

"好好睡,明天真的又是新的一天了。"他轻轻一笑,躺到沙发上,重重地闭上眼睛。

"子晏?"

她的声音有些含糊,他只当作没听见。良久,空气里传来淡淡的叹息,"对不起。"

是他的错觉还是她的梦呓,他突然分不清。多年后,当他与她经历许许多多的磕磕绊绊,当他被伤透了心,再也不顾她的哭泣,拥着别人离她而去的时候,他仍然会想起这个晚上。

*****

北二栋宿舍,清晨。

"小白,不好了。"

顾夜白正在浴室里洗脸,"怎么了?"

"阿珊不见了,我打电话给她,她说她和小林子学长在旅馆。"

旅馆那二字,悠言几乎是"吼"出来的。

"哦?原来这样啊。"一道醇厚的声音接口道。

悠言急了:"唐大哥!"

唐璜笑得愉悦。

"你们都是坏人。我去找阿珊,如果阿珊有事,我和你绝交。"

瞪了唐璜一眼,又转头瞪顾夜白,"还有你。"

唐璜轻笑,顾夜白道:"唐璜,如果你不想翘课,那就滚。"

"白,你这是不是叫恼羞成怒?"唐璜道,"悠言,反

正你也打算和顾夜白绝交了。我,你倒是可以考虑一下。"

"不要。"

悠言给了唐璜一个白眼,刚要走,却被顾夜白抓住手。

"顾夜白,你放手。"

顾夜白道:"再赶,也把鞋子换了再出去吧。"

她迅速踢开某人的拖鞋,换上鞋子,刚拉开门,却差点儿没撞在一个人身上。

"小林子学长?"

"跟我走。"

顾夜白不置可否地盯在林子晏搁在悠言手臂的手上。

唐璜低笑:"林子晏,你,你……"

林子晏赶紧挤出两滴泪,"兄弟,把悠言借我一下,稍后归还。"

悠言看了看顾夜白,顾夜白点头道:"去吧。"

★★★★★

悠言没有想到,林子晏会问了她那样的问题,更没有想到两天后在观看顾夜白的重剑比赛之前,会看到那两个人狭路相逢。

那是在顾夜白把柔道大赛总决赛的第一名也拿下的翌日。那天,悠言早早就拉着Susan赶到击剑馆,占了前排最有利的观众席位,四周很快满席,连二楼的回廊也挤满人。

开场是花剑的总决赛,击剑大赛分三项,花剑、佩剑和重剑。她记得顾夜白和她说过只参加了重剑。

"重剑小组赛呢?"悠言纳闷。

"花剑也一样,反正都要看。"Susan倒是一脸的期待。

猫女的"亲近关系"计划(上)

看了她一眼,悠言微觉奇怪。

待到屏幕报出那两名花剑决赛者的名字时,悠言吃了一惊。花剑的总决赛,竟然是在方影和林子晏中间展开。

突然想起在柔道赛上二人说过的话,当时没留意,还懵懂地开玩笑问,他们是不是要决斗,现在看来却真的是决斗。怪不得Susan……

要揶揄Susan的当口,馆内呼声热烈,选手上场了。

纯白的击剑服、护面、剑,分立两侧的二人都是一身英气飒爽,将以最优雅的方式决出胜负。

两个人却不约而同地往看台望了一眼,当即引起另一阵骚动。

悠言碰了碰Susan,"阿珊,小林子学长在看你呢,方影好像也是。"

Susan一怔,骂道:"G大最不缺的就是美人!没准儿在看那边的怀安呢。"

悠言有些好奇,问道:"怀安也来了?什么时候进来的?我怎么没看见?"

"你就只知道找顾夜白,眼里哪还看得到别人?"

"……"

一声哨响,馆里顿时安静了下来。

场上二人均是右手执剑,便左手持了护面,相互行了剑礼,又向裁判和四周的观众行礼。

戴上护面前,林子晏用眼角轻探了Susan一下,可惜她的视线并不在他身上。

"开始!"

裁判的声音响起,林子晏突然想起那天悠言的话。

"方影家里发迹前,曾得到过他爸爸一位朋友的很大帮助,对方有个女儿很喜欢方影,方影父母也早认定了她,本来如果方影不赞成也没什么,可是,有一次方影醉酒却和她发生了关系。后来,那女孩还有了孩子,她知道方影不喜欢她,为了不连累他,悄悄把小孩打掉了,她身体本来就不好,后来健康更坏了,也因此得了深度的抑郁症。阿珊说,这道坎儿,她是永远跨不过了。"

悠言心里一阵苦涩。以往都是她把Susan的手心挠破,现在Susan却不自觉地抓紧她,看着林子晏和方影双方激战。

两个人开始几剑还只是简单的进攻和还击,逐渐,林子晏占了上风,几个步步紧逼,在连上三步后用一个复杂进攻先得到一盏红灯。紧跟着裁判"停"的一声喊,悠言站起来,道:"学长,加油!"

被Susan一搡,她愣了一下,赶紧补充:"方影,你也加油啊。"气势却比刚才逊了五分。

Susan狠狠道:"比赛中不得喧哗!"

比赛继续。

这次,方影立刻发起进攻,林子晏防守稍迟,连续退后。方影追上,一记反击压剑,顺势击中子晏的前胸,绿灯亮起,有效。方影扳回一分。

裁判刚喊了停,Susan的"好"就喊了出来,即使是夹在外语系诸多女生兴奋的呼喊中,也略显张扬,引得决赛的两个人同时望了一下看台。

悠言心中虽说摇摆不定,但到底爱屋及乌,期望这场比赛林子晏能胜出。

现在看到Susan直勾勾的眼神,微微酡红的面颊,叹了口

猫女的"亲近关系"计划（上）

气，突然觉得方影赢了倒也未尝不可。

赛场上，两个人难解难分，技术竟是不相上下。

林子晏转移进攻，方影交叉反击，林子晏对抗，方影反攻，林子晏反攻，来来回回，双方均有互中，谁都想在瞬间击溃对方，却谁也不能在短时间里讨得便宜。

悠言看得紧张，又有些担心顾夜白什么时间上场，不觉转移了视线看向场外，却见顾夜白站在门口，淡淡看着她，好像有些时候了。

悠言一喜，扬起手臂打招呼。顾夜白食指竖在嘴唇上，又指了指场上。悠言只好作罢，目光又扫了一下场上，眼睛却挂在顾夜白身上。

这时候场上也发生了变化，方影又击中林子晏一回，遗憾的是，白灯也同时亮起。进攻无效。

Susan的好字到了嘴边咽下，改成叹息。

时间到，双方打成平局，加赛一分钟。

林子晏低了一下头，抬头时趁机瞄了一眼看台。裁判的"allez（开始）"刚一出口，方影的连续进攻就已经急速出手。

林子晏出剑阻击，拨挡，破坏掉方影的击剑线后，旋即直起反攻；方影及时后弹，随即几个滑步，交剑还击；子晏逃剑，紧接着一个旋剑攻击，直刺方影的前胸。

方影凝眉，林子晏的进攻过快，以致身上微斜，把自己的有效部位暴露了出来。

方影一个弓步长刺，刺向子晏的下腹。双方彩灯亮起，可是红灯旁的白灯也放了光。林子晏进攻无效，有效部位走偏。方影得分。

比赛结束,双方摘掉护面,垂剑,行礼。主审裁判宣布方影获胜。

击剑馆内顿时掌声雷动,伴着女生们的呼声口哨声此起彼伏。

Susan轻轻拍掌,目光触到站在旁边为方影获胜而微笑鼓掌的林子晏,心里突然像被那剑尖刺中。

手掌,慢慢垂下。背包里传来轻微的阵动,悠言掏出手机,看了看屏幕,按下接听。

"找我做什么?"她小声说着便要转身。

"别回头。"那头,低沉的声音通过电话传来。

"言,这一场,胜的不该是方影。"

握着手机,悠言一愣。

"子晏是主动进攻一方,如果他的剑尖不是稍滑了位置,这一分便该落在主动进攻的一方。刚才那一下的偏侧,林子晏是故意的。"悠言心里怦怦乱跳。学长是故意的,为什么?那人的眼睛很辣,他说学长是故意的,那么……

"小白,你为什么要告诉我?"震惊过后,疑虑顿生。

"不为什么。"

看悠言发愣,Susan笑道:"顾夜白准备出场,紧张了?"

"珊。"

"嗯?"

"如果我说,小林子学长是故意输掉的,你会怎样?"

旁边的人半晌不见声响。

悠言心中忐忑,却听她说:"怎么可能?"

悠言低声道:"如果说是小白告诉我的呢?"

猫女的"亲近关系"计划（上）

那说"怎么可能"的人却恍若未闻，只怔怔看向场外。

不论是胜者还是屈居第二的人均已退场，她看的是他还是他，悠言便突然分不清了。只知道，比赛又迎来了下一场，而这一场是顾夜白的重剑赛，将全场瞩目。

——上集完——